有了光，才大化如花
有了光，才大花如化

大化如花

贾又福
以石观化的
心灵来历

闻章 著

中国发展出版社

图书在版编目（CIP）数据

大化如花：贾又福以石观化的心灵来历/闻章著.
北京：中国发展出版社，2014. 2
ISBN 978 -7 -5177 -0069 -2

Ⅰ. ①大…　Ⅱ. ①闻…　Ⅲ. ①散文集—中国—当代
Ⅳ. ①I267

中国版本图书馆 CIP 数据核字（2013）第 309253 号

书　　　名：大化如花：贾又福以石观化的心灵来历
著作责任者：闻　章
出 版 发 行：中国发展出版社
（北京市西城区百万庄大街 16 号 8 层　100037）
标 准 书 号：ISBN 978 -7 -5177 -0069 -2
经　销　者：各地新华书店
印　刷　者：北京科信印刷有限公司
开　　　本：700mm×1000mm　1/16
印　　　张：16　彩插 28 页
字　　　数：195 千字
版　　　次：2014 年 2 月第 1 版
印　　　次：2014 年 2 月第 1 次印刷
定　　　价：50. 00 元
联 系 电 话：（010）68990642　68990692
购 书 热 线：（010）68990682　68990686
网 络 订 购：http：//zgfzcbs. tmall. com//
网 购 电 话：（010）68990639　88333349
本 社 网 址：http：//www. develpress. com. cn
电 子 邮 件：fazhanreader@ 163. com

自　序

是的，开始了。

我开始了一件很大的事情。对别人来说或许不大，对我却大，大到不可测，非我力所能逮，但我还是开始了。

为什么？因为这件事本身便是目的，用不着出发，就已经到达。

之所以有这件事，盖在我遇到了贾又福先生。

论地缘，贾又福先生的老家与我的老家离得很近，共有着一脉水土。论人缘，我曾有幸见过他几面。但有了地缘与人缘，并不能说，或者并不敢说就是遇到了。遇到是一种什么状况呢？好比照一面大镜子，你见一个人远远地冲着你走来，走近之后，突然发现那个人原来是自己。自己与自己不期而遇，自然有惊喜，但不全是惊喜，还会有惊惧。为什么还会有惊惧？因为人最不了解的恰是自己，别说内心，哪怕是表面：五官、四肢、走姿、声音、各种各样的习惯表情等，知之甚少。突然看到了，哎，这是谁呀？这是我么？我是这样的么？我若不是这样，那么我应该是怎样的呢？我若是这样，是对的么？好多的疑问会随之而有。疑问若是浅，可以随他去。疑问若是深，就会有惊惧感，越深就越惊惧。事因惊惧而恭慎，因此《论语》中有“子之所慎：斋、战、疾”的话。斋、战、疾，都是大事，因大事而惊，因大事而慎。斋有事斋与心斋，心斋即好比自己见自己，尤其让人恭慎。我之见贾又福先生，犹如古人做心斋。

当然，我所说的见贾又福先生，不仅是说见他的人，更应该说是见他的心。他的心怎么见？他的心应该说全在他的画里。

然而，贾又福先生的画，我能说懂么？我本就是个不懂画的人，之所以敢对画说三道四，是想借此说自己。正是因为是在说自己，才有惊惧及惊惧之后的恭慎。

恭慎只是一种态度，我只能在这前提下说话。此其一。其二，我或者永远不会懂得他，我只能懂我自己，这么说或许更确切，无论程度或范围，我只能懂得我能懂得的。

懂多少，我说多少。说对了，是他让我对的。说错了，是我使我错的。

这样一来，我就自由了。从我自己这里，到我自己这里，因此我才说：用不着出发，就已经到达。

作者

癸巳年正月十五于石门花开堂

目录

大岳礼赞　1988 年

第一章

以石观化的『化』与佛陀拈花

释题

春天里的事情都好，因为万机生发。

我与贾又福先生像是前尘有约，一见知心。我在他的画里去发现他，结果却发现我也在。我即在这惊喜里，去落实我与他的一处处惊喜。

我说佛陀拈花，不过是拿佛陀手上的那枝花作证明，证明我们同在花的朗照之下，显出本有的笑容。

先说佛陀拈花因缘。那是两千多年前，释迦牟尼佛灵鹫山上讲法时，面对当机众，将一朵金菠萝花拈在手上。大众默然，只有大弟子摩诃迦叶，会心而笑。由此佛陀说："吾有正法眼藏，涅槃妙心，实相无相，微妙法门，不立文字，教外别传，付嘱摩诃迦叶。"这便是有名的灵山传禅。

贾又福先生手上也有一枝花，这枝花便是他的"以石观化"，这也是他灿然在春天里的一个资本。"以石观化"是贾又福先生绘画创作实践中的一个核心命题，他的山水画作，都是来表现或者说呈现"以石观化"的。

贾又福先生画画与佛陀传禅，这两件事，一个特大，一个很小，这样连在一起，会不会不庄重？会不会生歧义？我却觉得，恰恰因为它们之间存在着巨大差异，而连在一起才奇才妙。因为在最柔软处，在最关键处，它们之间却有着最深刻的本质内涵。禅是什么？禅即是心。心是什么？心即是觉。让人自觉的过程即是问禅的过程。以心传心，不立文字，乃禅的传承方式。因为美妙的东西，都是只可意会、不可言传的。贾又福先生的"以石观化"，确也是企图在心灵深处展开风光之本然，他想以山水来表现他的笔墨，以笔墨这种形式，来表达来呈现他的内心，由山石结构到画面结构到心灵结构，这是几个还是一个？

"以石观化"的发端，如果往深处说，往细处说，应该与禅有着必然的联系。我的猜测果然不错，你看贾又福先生曾这样表白：

> 以石观化的诸多思考已持续四五年了，这理想目标是建立在对哲学研究发生兴趣，并结合山水画创作实践的基础之上。正如先贤所云："观竹十日无一得，观心十日始得。"观心尤为重要，但没有前十日的"观竹"，不格物，不怀着敬畏心研究大自然也是不行的。
>
> 我的山水画创作正是这样慢慢地摸索过来的，大量的研究山石，同时还不能忽略"观心"的内照功夫。借助先哲的思想光辉，得到智慧的蒙养，才敢于放言"咫尺顽石观大化"。
>
> ——1995年《关于以石观化》

贾又福先生说到了哲学，以石观化是在对哲学研究产生兴趣之后的产物。哲学是什么？哲学即是理学，是对散乱事物的超越和抽象，是从形而下的"器"到形而上的"道"，是把诸事诸物吃透之后的高度概括，这概括就是理。理是看不见摸不着的，却也是最本质的。

贾又福先生还说：

观山、画山务须心观内照，体悟三种境界：

苦心、明心、妙心；

探道、法道、妙道。

第一层：有心，有为，吃苦，力行；第二层：自由观照，洞穿主客；第三层：得大自在，不必言说。（吾画山三十年始知山外有山、石外有石，全在幡然一悟。）

——1995年《心观内照》

贾氏此言，更加直接地告知，他的绘画过程，其实是参悟内心的过程，是由外到内，而又由内到外，先化我、再化物的过程。什么是禅？这已经是了，且已经很深的是了。不信，请看唐代大禅师青原惟信一番话。

老僧三十年前未参禅时，见山是山，见水是水。及至后来，亲见知识，有个入处，见山不是山，见水不是水。而今得个歇处，依前见山只是山，见水只是水。

——《五灯会元·青原惟信禅师》

初参禅时，禅很玄妙，参到禅后，禅却平常。原来的山水，山水只是山水，后来的山水，山水不是山水，及到参彻，万物哪有差别？

贾又福先生因画山而观山，因观山而成绘事。他的“幡然一悟”，悟到的是个什么？他的“大化”，化成的是个什么？他的“内照”，照到的又是什么？贾先生一语道破：“得大自在，不必言说”。

花与画

贾又福先生的山水画作，我是看了又看，读了又读的。这样做的目的，是想看得明白。结果呢，往往是更不明白。或者说，看明白了一层，还有另外一层待你来看。你以为把这层看明白就好了，结果这一层后面还有一层。这样一层一层看下去，以为会越来越少，结果却越来越多，重重无尽的样子。

对于绘画来说，所谓的重重无尽，不是指笔墨上的繁复，而是指意趣上的。凡是好的画作都会这样，有着无限的意趣。只在境界高低，不在外在笔墨上的繁与简。比如黄宾虹，笔墨繁复，乱墨成团，不会看的，就怀疑这样好么？会看的，就能看出一重重的意思，觉得真是好，好到说不出。简单的，比如八大，真是惜墨如金，寥寥几笔，一块石，一只鸟，或一块石上站着一只鸟，初学画的，说这太简单了，我也会。会画画的，觉得千难万难，难于这样简单。

真的好作品，好的画，好的文章，好的艺术品，都应该是这样，形式有尽，而意趣无穷。

为什么会无穷？因为自心无穷。自心是什么？自心是本，本能生息。气息之息，利息之息，消息之息。且看“息”字，乃由“自心”组成。一切从自心那里生出，一切从自心那里衍化。从自心里出来的才有息，不从自心里出来的，哪里会有息！心大本大，本大息多。这样的息大了，多了，显著了，就叫做出息。

山水之于画家，彼此之间，都是以息相通的。一边是真山真水、大山大壑，一边是画家心目，目测心观。彼此两相参照，这里心缝开启，那里生机显现，巍然也好，肃然也好，悠然也好，井然也好，粲然也好，或大机大玄妙，或小知小情趣，你这里有几分，它那里便有几分。是一个彼此发现的过程，是一个彼此认知的过程，也是一个彼此达成默契的过程。

这样的意绪，贾又福先生早已了然于心，他曾经这样说：

> 一个真正的艺术家，到处都可以听到生命的呼唤。大自然中的一切生命呼唤着艺术家自己的生命，一切美好的心声，呼唤着艺术家的心灵。正是这种呼唤，焕发了艺术家的生机。倘若艺术家有一天麻木不仁，丧失了感悟生命呼唤的敏锐度，他的艺术即随之枯萎。
>
> ——1994年《神秘是自然的必然》

在贾又福先生眼里，山水不只是山水，而是生命。不仅是山水自己的生命，而是画家生命的寄托或投射，山水在那里呼唤，画家在这里应答。而山水那里发出来的呼唤，恰是画家自己的心灵投射出去之后与千山万壑相撞击而折射回来的余响。因此，当艺术家听到这种呼唤之后，心中充满了亲切和激动。由此相信，千山有机，万山有灵，一草一木均有识性。其实，这只不过是在别处见到了自己的面目，听到了自己的心声。只可惜，能听到这样声音，能见到这样面目的人不是很多。

艺术与心灵最近，而佛门禅法，乃是心法。心为体，艺为用，有无用之体，绝没有无体之用。

话说到此，就不期然而然地与佛陀手拈的那枝花有了本质上的联系。

关于花，在禅门公案中，也有好多。其中著名的当属这个。

> 陆大夫向师道："肇法师也甚奇怪，解道：'天地与我同根，万物与我一体'。"师指庭前牡丹花曰："大夫，时人见此一株花，如梦相似。"陆罔测。
>
> ——《五灯会元·南泉普愿禅师》

在陆亘大夫眼里，不仅肇法师甚奇怪，南泉普愿禅师也甚奇怪，这如梦相似的一株花，难道也与天地同根，与万物一体？

有意思的还有王阳明《传习录》中的一段。

> 先生游南镇，一友指岩中花树问曰："天下无心外之物，如此花树，在深山中自开自落，于我心亦何相干？"先生曰："你未看此花时，此花与汝心同归于寂；你来看此花时，此花颜色一时明白起来，便知此花不在你心外。"

这"天地同根，万物一体"的"根"和"体"，不是别的，乃是我心。花不在心外，画也不在心外。贾又福先生深知此理，因此他把他的画，像心灵的花朵那样精心栽植。

在他的眼中，每一块石头，每一丛山峰，他都是像当年摩诃迦叶看佛陀手上那枝花那样看的，一山一佛座，万峰万如来。因此，贾又福先生每次上山写生，便有朝圣般的感觉，也因此他才说："画乃圣事。"

观化山水的形色大略

以石观化，观是高度，化是程度。且让我们恭慎心神，敛身敛意，来品读一回贾又福先生的观化山水作品，看以石观化的“化”，呈现出什么状态。呈现出的状态，能给人特别是给我这个门外汉什么样的感受。

大若无极

在小说、影视中，有宏大叙事之说。贾又福先生的观化山水，也可以套用这个词语，它是宏大的，也是叙事的。只是它的叙事方式不同，它不是靠故事情节，而是靠笔墨，靠笔墨架构起来的形和色，形和色中所蕴含着的，都是叙说。叙事也叙理，或者说叙事更叙理。所谓宏大叙事，其实这里头就已经包含着理，不然它不会宏大。但理是虚的，是看不见摸不着的，怎么叙呢？因此必须叙事，以事来显理，以理来成事。应该这么说，建构一个理是容易的，但实现一个理却是不那么容易的，有时甚至是很难的。好比我们每一个人都知道，生气是不好的，但是做到不生气却是难的。《华严经》上有四无碍法界：理无碍，事无碍，理事无碍，事事无碍。当然，其理其事都属于甚深甚深的那种，我这里只是借用，以大喻小，来说绘画。画的是画，但画本身却不是目的，若是把画本身当成了目的，那肯定不是好画。画山是山，画水是水，除此并无寓意，那没有多大意思。绘画是为了达意的，只不过意有深浅，浅不好，深好，愈浅愈不好，愈深愈好。这个意，就是理。能够达意的外在形式，就是事。事也分好坏高低，合理的就是好事，不合理的就不是好事。以绘画来论，明白了理，特别是明白了很深的理，这就叫理无碍；能够很顺畅地，很自如地，得心应手地来表现理，就叫事无碍；达到了一种自由状态，似乎连想也不用想，就能恰如其分地把要表现的东西很好地很自然很自由表现出来，这就叫理事无碍，不但一件事这样，件件事都这样，在什么状态下都这样，随心所欲而不逾矩，就叫事事无碍。真到了这样的境界，那是信笔一挥，就成大作。为什么？因为世界上没有不显理的事，也没有不就事的理。

贾又福先生的观化之作，首先是他的宏大叙事。所谓宏大，不只是说尺幅，而是不论尺幅大小，是说它的涵盖，它所蕴含的理。

这从他的奠基之作《太行丰碑》上，就已经显露出宏大的气息。此作之诱发，源自河南辉县境内的太行，危乎高哉之铜墙铁壁。自然山水就已经很好了，但贾又福先生若是把它如实描摹下来，就没有意义。还用描摹吗，看真山真水好了。贾又福先生之《太行丰碑》，以大山大水，给人带来的是大山大水之外的信息，它的大，它的高，它的实中带虚，虚里的那种涵盖，就已经有着形而上的意义了。人们之所以被它震撼，是因为其高峻，那样上拔的感觉。人是需要崇高的，人的精神和心灵尤其需要。人往往活在事儿上，忙忙碌碌，为谋稻粱不小心而被稻粱所谋，眼小心小，蝇头蜗角，人就变得可怜了。因为崇高，因为博大，因为宽阔，才使人突然明白，人生当中，还有个更好的东西，从而使人昂扬起来。

高山仰止，景行行止，人是需要仰望的。人若是不仰望，就不知道地之上还有个天，而天才是心灵的主要部分。

贾又福先生深知大的奥旨，他在《太极图的启示》里说：

山水之不以风景论，是其大也，大容、大量、大旨、大趣、大灵、大虚，海涵无穷，无边无尽，神明浩荡，妙思飞扬。作一幅好山水画，画家当积累、储存各方面的经验（当然不止技巧），更重要的探寻奥秘的方法，寻找门径，张开密网扫描式，靠智慧、灵机，古人云，有了“鸣鹄识夜之机”，那么在黑暗中就有大自由了。

他说得真好，之所以能有“大自由”，盖在识得了机，懂得了大的真正奥义。

他还在《对创作作业的基本要求》里说：

画在大气，不在于画幅大小，注意精神境界大。

中国山水尤其贵大，大彻、大悟、大仁、大智、大真、大实、大喜、大悲、大动、大静、大拙、大朴、大统一、大和谐。越单纯越名贵，最忌小打小闹、小趣味、小变化、小聪明、细声细气。凡大则美则伟，凡小则丑则弱。

在画完《大岳浑成图》之后，深为其大而感叹，不由跋之曰：

吾画山水，尤贵乎大也，大仁、大智、大真、大实、大喜、大悲、大动、

山村瑞雪　1977 年

太行丰碑　1983 年

太行山，山山皆碑。它记载了世世代代在这里生存、奋斗、抗争的中华民族的革命精神。虽历尽沧桑却永不泯灭。我深爱太行一草一木，一山一石，更爱其危岩绝壁、长坪大坡，就因为它确乎是碑。积十四次壮游太行之感受，写此并记。甲子春。又福

太行半碑

太行夏晴图　1983 年

赏心且看太行山　1984 年

大岳壁观　1987 年

赏心看太行　1988 年

静观　1996 年

大静、大朴、大拙、大整、大肃，终归乎大一统也。

由此可见，贾又福先生对大的钟爱和对大的本质理念的忠诚。

贾又福先生认识到了宏大的本质意义，早在20世纪80年代，就不失时机地提出了“宏观探道，微观探真”的理念。他说：

所谓的宏观探道，就是放眼大处，以“生命观”（纵观宇宙间，把一切都看成活跃着的生命）、“运动观”（生命的发生、发展、变化）、“移情论”（物我以情相互渗化）去探求和把握那弥纶万物的生命的生生不息的内在联系。

——1984年《宏观探道和微观探真》

贾又福先生的大，是以生命为依托的，而且这生命，不仅是人的生命，山水的生命，而是宇宙的生命。宇宙是活的，为什么宇宙是活的？因为心是活的，宇宙因心而有。历代圣贤、高人显士、艺术大家，都会以一颗大心来观察和领略宇宙万有，佛陀的“同体大悲”，老子的“可以为天下母”，庄子的“天地有大美”，《易经》的“穷神知化”……乃至陈子昂的“念天地之悠悠”，杜甫的“乾坤万里眼，时序百年心”……举不胜举，都体认到了天人之间的脐亲关系，天乃人，人乃天，能不大么？

那么贾又福先生的“微观探真”，是在说什么呢？

所谓微观探真，即从微妙处着眼，平常人往往不注意的，甚至看不见的，艺术家敏锐地捕捉到，如获至宝般的揣摩、端详，终于从微妙中探到真（真髓、特质）。

——1984年《宏观探道和微观探真》

他的所谓微观，是为了探真，真是什么？真也是大。是老子所谓“大曰反”的那个大，是佛陀“坐微尘里转大法轮”的那个微，是微而妙。为什么微也是大？因为大中无小，比如大事，是由细节组成，大事无小处，一个细节出问题，整个大事坏了；比如画画，所有理念，都靠笔墨体现，有一笔处理不好，受伤的是整幅作品；比如说人的健康，离开器官、细胞，无法说健康与否。微妙微妙，从来妙在微处，从来大在小处。无小无以成大，无事无以显理。贾又福先生的观化山水，浩浩汤汤，却是由微处来体现。你看他的画，每一个细节，每一处笔墨，不敢有一丝懈怠，不敢有一毫疏懒，都是精妙入微的。一到妙处，必是大了。

应该说，自从《太行丰碑》之后，贾又福先生进入到了一个自觉的状态，如果说，原来他是懂得了理，那么现在他是活在了理上。他以后的画作，除了一些情趣小品之外，都是在表现或者呈现他的理性境界。他在画面中所铺展开来的无不是理性的思考。

大呀，浩瀚无垠，没有边界，给人的感觉如井蛙之初见大海，哪怕仅有尺幅，给人的感觉也是无边无沿。这里只说那些时常被人们提到的，已经印入脑海的那些：《洗礼》《抚琴欲令万山响》《高山仰止》《云锦天章》《东方既白》《大道如斯夫》《道通天地入风云》《大象鸿蒙》《明月之诗》《大岳扶摇》《大音希声》《无欲之门》……（这里面多为系列），随便哪一件作品，没有不大的。哪怕是田园牧歌式的，偏重于抒情，相对婉约的那种，那也不是在实有的太行，而是缥缈于宇宙之外，宛若仙界。夕阳中那沃绰悠长的牛，那徜徉着的羊，那背着草筐的山民，那隔山对话的老者……是这个世间的，又不是这个世间的。他们在宏大的叙事里面，承受了理，诠释着理，他们也是大的，也是来显示无边无际的。

为什么要大？因为宇宙大？宇是空间，宙是时间，时间无始终，空间无边际，且这只是我们惯常说的时空，更深邃的我们就不知道了，比如华严境界里的时空，“十世古今，始终不离当念；无边刹海，自他不隔毫端”，比如道家的“其大无外，其小无内”，老子所谓的“大曰逝，逝曰远，远曰反”，说的即是这个。远没在别处，大也没在别处，而在内心。大概正是在此理上，芥子才能纳须弥。到了一定的境界，大小已经没有了分别，都是能够互容的。为什么能够互容？因为心能够互容。心即是无穷大的，又是无限小的。其实也能够勉强解释，比如一粒很小的种子，所包含着的信息却是一株大树；比如我们的不大的瞳孔，却能把大山尽收眼底；比如我们的心在身体之内，却能包天裹地，远涉八极八荒。

宇宙为什么大？因为心大。佛教中有句话叫“量周沙界，心包太虚”，宇宙之大，实在心中。《易》说坤能：“直、方、大。”《易》还说“利见大人”，所谓“大人”，乃心量大之人。佛菩萨之所以为佛菩萨，只因心大。佛说“同体大悲，无缘大慈”，视万法为一体；菩萨具有“大智”、“大悲”、“大愿”、“大行”之德能，发的是“四弘誓愿”：“众生无边誓愿度，烦恼无尽誓愿断，法门无量誓愿学，佛道无上誓愿成”。实行的是“慈”、“悲”、“喜”、“舍”、“四无量心”。

因此大不大，恢弘不恢弘，不在画幅大小，亦不在想着怎么样，而因为大是本来。能贴近本来的人，才能识知大的真谛。

［清］石涛所谓：“我之为我，自有我在”，此非其他，而也是大的

宣言。

[宋] 邓椿坦言:“画之为用大矣。盈天地之间者万物，悉皆含毫运思，曲尽其态。而所以能曲尽者止一法耳。一者何也？曰：传神而已矣。世徒知人之有神，而不知物之有神。”

[南朝] 姚最感叹:“立万象于胸怀，传千祀于毫翰”，此乃画之本意，但众人不识,“有若神明，非庸识之所能效；如负日月，岂末学之所能窥。”

[唐] 朱景玄说画:“盖以穷天地之不至，显日月之不照。挥纤毫之笔则万类由心，展方寸之能而千里在掌。至于移神定质，轻墨落素，有象因之以立，无形因之以生。”

这都是在说心，而说心就是在说大。

贾又福先生正是在古人那里窥到了消息，更是在自己的绘画实践中悟得了真意。

一行三昧在自家。
宇宙在心，造化盈手。

这是贾又福先生写给弟子王恪松的话。这两句话中所包含着的意思，谁能猜出有多大？他的观化山水，即是在这样的心灵状态下创作出来的。也只有“宇宙在心”，才可能“造化盈手”，理上先得，事上后达。

贾又福先生深深懂得，绘画的恢弘，不是谁想恢弘就恢弘得了，眼大无神，门大内贫的事比比皆是，如画家韩羽先生说过的,“即便用长城那么长的纸，把长城如实描摹下来，那也不能称大画；能够在火柴盒般大小的纸上，画出恢弘之势，反而是大画”（大意）。画大，源自心大，所谓心大，是心的能量大。心的能量为什么有大小？盖在干净不干净，宁静不宁静，恭敬不恭敬。高质量转化为高能量，这是不刊之论。因此贾又福先生说：“以一己之心，向宇宙之大，这颗心如不能空灵清澈，其或杂念丛生，个人私欲扩张，迷蒙污浊，它能照见个什么？”

因此，为了这个干净、宁静和恭敬，贾又福先生对自己曾经每日三省：

> 须臾不忘三问：问天以达大道，问史以求厚积，问我以利通德。

他解释这“三问”，问天者，是问“天地造化，宇宙玄机”，探索自然奥秘，以便顺应天道物理；问史者，是问“人文世事，学派传承”，以便“见贤思齐”；问我者，是为“清污排障，澄怀明心，蓄志通德，随迷随觉”，以便“迷途知返”。

天高难问，难问才问；史深难求，难求才求；“我”实难超，难超才超。

问天，问史，是我问，也是为了问我。而问我，是在借我而问心，问心大不大，问心深不深，问心远不远。大了，即合天道，深了即合人道，远了即合本我。

有了这样的深切之问，才能恭慎其心。随时有这样的深切之问，恭慎便也随时。心因恭敬而宁静，因宁静而干净，因干净而辽远，因辽远而博大，因博大而为天地心。此心永驻本位，本我才不失迷。

其实整个禅宗，就是为了一个真我。

禅不因参而有，但不参怎能知有？

所谓参，即是排污去染、洁净其心的过程。而大，是洁净之后的效果。因此我读贾又福先生观化山水，先仰慕其恢弘。

大象无形，真正的大，非我眼目所能概括。所谓的画其大，但真正的大又怎能画得出来？能够画得出来的也就不是真大了。虽然不是真大，但是，我们却能通过这“假大”，发现真大的消息，使我们知道，在笔墨之外，还有个更大的东西，在吸引着我们，昭示着我们。因此也可以说，画乃大虚假，不是真山水。不是真山水，却高于真山水。正是大虚假，才显大真实。

请听天台德韶国师一偈：

> 通玄峰顶，
> 不是人间。
> 心外无法，
> 满目青山。
>
> ——《景德传灯录·天台德韶国师》

大光明礼赞

贾又福先生的观化山水，之所以恢弘，大而无极，是因为有光。有光才能喻体，有体才能致用。当初上帝造世界，也是先要有光明。“上帝说：‘要有光。’于是就有了光。”若是没有光，万物虽有，也成障碍。

我看画不多，不过是随缘泛览，眼目很窄，就我眼目所及，历代山水画，好像画光者不多。纵有光，光也是辅衬，而非主体。但贾又福先生的观化山水，却是全然以光为主体，所有的山水物象，不是以光为背景，也不是物象放光，而画中所有乃为诸光所化，千变万化乃是光本身。恰如佛典中说佛国境界:“光明遍照十方世界”。就连佛国中大如车轮的莲花，也是诸光所化。

佛陀每次说法，定然光色熠然，“是时，如来含笑，放百千万亿大光明云，所谓大圆满光明云、大慈悲光明云、大智慧光明云、大般若光明云、大三昧光明云、大吉祥光明云、大福德光明云、大功德光明云、大皈依光明云、大赞叹光明云。放如是等不可说光明云已”，才开始说法。

佛陀放光，为破幽冥痴暗:“佛放光明遍世间，照耀十方诸国土，演不思议广大法，永破众生痴惑暗。”

我每次读贾又福先生的观化山水，都会想到佛典中所描绘的华严会上、楞严会上、莲池海会上，诸佛菩萨及诸大众聚集时的百千光明。虽然此等光明非我等凡夫所能领略，但我却会依据我的想象和追慕而推导仿佛，特别是一说到“大光明云”，我便想到贾又福先生的山水画。为什么会有这种联想？你看他的画就明白了。

贾又福先生的观化山水，化的是什么？化的是山水；靠什么化？靠的是光。

正是有了光，才大化如花。正是有了光，才大花如化。

因此，贾又福先生的山水画，才不被具体山水所囿。你说他画的是太行么？若不是太行，何必千辛万苦屡屡到太行，而每次都是以礼敬朝拜之心前往，每次都匍匐在大山之下？若是太行，除了《太行丰碑》和《太行铁壁》等几幅观化初期作品，还有几分仿佛，还能让人联想到太行的山水轮廓，后来的所有作品，你能说它们是太行么？太行是这样的么？若太行是这样的，那真的太行又在哪里呢？可你若说这不是太行，那它们又是哪里的山脉呢？容我这样概括一句：它们不是太行，但也没离开太行，它们是太行所化，因而比真太行还太行。这就好比名家唱戏，那是真有味道，而这味道，虽没在工尺谱上，但也没离开工尺谱。

自20世纪80年代中期为肇始直到如今的贾又福先生的山水画作，有专家把它们大体分类为“山乡风情”、“雄壮大山”、“观化山水”这样三个阶段，或者三种样貌。我想这样分不过是为了叙述的方便，其实真要分清楚实在不易。我是愿意从一开始就应该叫“观化山水”的，理由不是在画之外形上，而是在内在含义上。其内在含义是什么呢？是光。“上帝说要有光，于是就有了光”，只是这“上帝”姓贾。你不觉得从《太行丰碑》和《太行铁壁》开始就有光了么？也许那时的光还不够自觉，这光也许是不经意出现的，或许当时真的有上帝帮忙。但是，此光一出现，就表现出了强大的不可遏止的生命力，由此蓬勃开来，渐成气象。当然，在贾又福先生那里，会有个从不自觉到自觉的过程；在画作上，也的确有着由浅入深、由外到内、由形而下到形而上的跳跃，作品也由婉约到雄壮，由雄壮到深邃，由柔美到壮美，由壮美到大美到无可名状之美，所以分类叙说不为错，似乎不分类倒不好说清楚。但我不主张这样明晰，而主张浑然。为什么？比如一株花树，生根、发芽、抽茎、展叶、舒枝、挂蕾，没有一样是花，及到花开，又有哪样不是花？少了哪样能有花开？花，实在是开在根上！

关键在于是不是花树。

观化与否，我觉得由光决定。

正是有了光的参与，那山乡就上移至天国，山民而成神仙，牛羊而成圣灵；自从有了光，那大山就飘浮起来了，山水成为气象，一纸收纳全部时空；自从有了光，所有的山石就自由起来，或绰约，或静谧，或浩瀚，或激荡，或明净，或浑蒙，或典雅，或肃穆，或崇高，或圣洁……缤纷万象，难以言说。笔墨还是笔墨，却非笔墨能够概括。山石已非山石，却又是借山石来表达。

整个画面是由光来衬托，画面本身亦是诸光所化，如贾又福先生所说，有空白，也有空黑。白是光，黑也是光。白是强光，黑更是强光。白是透明，黑更是透明。白是柔美，黑更是柔美。黑白之间，有无限的层次，有无限的色彩，贾又福先生就沉浸在这层次里，一点点表达，一点点呈现，一点点敷扬，一点点渲染。笔不再是笔，手也不再是手，而是心灵特派之使，是本然之心，是心在流露、流淌。

贾又福先生把这黑与亮，概括为："玄之又玄，神之灵光。"

神在哪儿？在心里。

心乃光之源。

观化山水，是靠光来观，是靠光来化，也是化为了光。

且让我们欣赏一番贾又福先生的观化之光。

静美、祥和之光

《庄子》中有寓言：倏忽二帝为浑沌凿七窍，"日凿一窍，七日而浑沌死"。贾又福先生观化山水中的光，已经属浑沌状态，不易分类，不该分类，我这里分类来说，也属凿窍之举。但为了叙说的方便，只能勉强。

《秋光图》《山月徘徊》《人间乐事数天伦》《太行秋色》《太行樵路》《梦山乡》《明月之诗》，等等，这里面的光，应该算做柔美，它有一种亲和在里面，如菩萨低眉般的委婉，似月光流淌开来，犹若流沙，又似彩霞，还比绸缎，又像秋水，平静、干净、恭敬，一尘不染，一声不响，一波不起，全部化开、化开，没有半点僵硬，没有半点纠葛，没有半点杂染，没有半点距离，这一切都成为亲近的理由，似乎带上身份证就可以在那儿住了。但是，却又立即自惭形秽，若想在那里居住，须先洗心涤虑，洁心澡身，才有可能，“虽不能至，然心向往之”。

好的艺术，都应该这样，使人精神向上，使人身心诚敬、宁静、澄净。

应该这样表述：在人与天堂之间，定然隔着艺术；在人与地狱之间，定然有着垃圾。因为有分界：艺术是领人向上的，而垃圾是让人堕落的。

柔美之光，向着高处升华，向着深处探索，就成祥和，就成静美。《云山之舞》《高山仰止》《天行健》《大岳奇观》《圣殿之梦》《大音希声》《无边心潮》《无声的呼唤》《秋高》《天地悠悠》，等等，这里面的光，就非柔美能概括，它是静谧，是平和，静到无穷大，是将心化开，再化开，使人在辽远中，在安详中得到极大的安稳。它已经不是人与物、人与景的对立，不再是向往，而成为人心本身，那些景象，无非心中之物。因此有不可企及之感，有妙不可言之意，那才是心的高处，人人有的心之高处，虽然人人本具，但却从来不曾窥视过，甚至没有想到过，因此一见，便生惊异。惊异之后，得大安顿。

贾又福先生甚谙其妙，他说：

艺术规律中最重要的、规律的最高体现是：动归于静，乱归于治，奇归于正，万变归一。

……武功至极则文，武戏需文做。即使画面本身表现大动大势，也不能令其观者躁动不安，思维不张，定不下心，应令观画之人激动之余，最终还要静下来领悟其精神内涵。只有静下心来才能进入高层次的思维阶段。静则定，定则安，安则止，（知其所止，止于至善），正所谓定生慧。

——2004年《崇尚静美》

观化山水中的静美、祥和之光，实乃贾先生内照所现。

因此在贾又福先生的画中，我总是联想到《佛说阿弥陀经》中所描述的极乐世界中的依正庄严：无量光明，殊极静美。

流动之光

如水，如人的思绪，在流动，在漫延，整个画面都在动，虽是动，却有着极大的秩序，这秩序乃心灵秩序。由此想到，心潮形成，心思走向，心音演奏，心灵启动，其实是这样动的。不信的话，请到《无边心潮》《疾风》《穿破固垒》《大岳奇观》《抚琴欲令万山响》《似水流年惹梦思》《山盟图》，等等的画面中去领会，去体悟。

山水之动，一因风：生物以息相吹，树起浪，水成波，山为之倾；二因势：悬崖万仞，岫云出游，瀑悬泉流；三因光：朝暾夕日，山晦水明，霞光蜃气，无一不动。然而，贾先生的山水之动，却不是这个，但也没离开这个，虽然没离开这个，但表达的不是这个。他的流动，乃光之流动；光之流动，乃心之流动。心之流动，乃是表明，心之为物，活泼泼的，属于大化流行，不拘成法。

奇异之光

纵观观化山水，奇光晃耀，夺魂夺魄，应该以炽烈名之，但这里的炽烈，却非普通见识之炽烈，应该说，它是炽而不烈，威而不猛。它真的有力量，甚至逼人，让你在此光面前，大气不敢喘，心底之黯幽，之污秽，之烦恼，全被其荡涤。强光之下，一切暗影无可逃遁。也有柔光，因柔到极致，而生猛烈，如文火炖骨，烈在深处细处。无以名之，因以奇异之光概括。如《洗礼》(系列)《无声的呼唤》《似水流年惹梦思》《大化流行》《大象鸿蒙》《大道如斯夫》《山盟图》，等等，均系奇异之光所化。

为什么称奇？因为妙，妙才称奇，奇才达妙。

玄秘之光

在我们通常的概念中，光是白的，是七彩的，是明而亮的，而非黑的。黑与白，似乎是对立的，黑即是暗，即是无光。但贾又福先生这里，却把这个概念颠覆了，在他的观化山水中，大面积的色是黑色，在别人那里是惜墨如金，在他这里却是“惜白如金”。这大面积的墨，不是黑，不是压抑，不是逼仄，不是乌涂和污浊，而是亮极了的光，大量的光是黑光，黑而亮，黑而透明、透彻、甚至透丽，美丽极了，比过七彩。

在这种黑光面前，你有惊异、感叹、欷歔、仰望，但也不全是，还会有黑光所带来的玄秘，这种玄秘如巨大的漩涡，因漩涡而成力量，在此力量面前，人不由自主会被吸进去，融化在里头，化为光。这是画，笔墨之所成，但是在这里，笔墨已经微不足道，已经被忽略，只感到了玄秘的力量。

这就是贾又福先生的“反白为黑”。

他的黑与白，绝不是一般画家所理解的黑与白，他是从心灵层面、哲学层面上领悟而来，释迦佛的“色即是空，空即是色”、“寂而常照”，老子的“明道若昧”、“相反相成”、“正言若反”、“玄而又玄，众妙之门”等，都已经把根尘中的黑白分别扫荡一空。禅门亦有公案来说这件事。

僧问：“古镜未磨时如何?”

禅师曰：“照破天地。”

僧曰：“磨后如何?”

禅师曰：“黑似漆!”

——《景德传灯录·抚州龙济山主绍修禅师》

我心浑然，本然明彻，黑白有异，见性无差，白是光，黑也是光也。

其实，贾又福先生在诸多的有关“黑”“白”的论述中，就已经说明他的心灵来历，这里只引他其中几句：

实践告诉我，反白为黑，在我的作品中，并非为了出奇制胜，而是来自博大、苍莽、浑厚、深不可测、固若金汤的太行山的本身分量，加上来自对哲学美学的领悟，一大片黑为无垠、抽象的、混混沌沌、恍兮惚兮的空间境界，开

山石研究　1997 年

大岳朴玉　1986 年

辟这样一个不固定没有限制的空间，邀请观者从具象着眼看画面的亮处，精微刻画形象清晰的部分，“知黑”所以“守白”，慢慢来到这恍恍惚惚的玄冥邃密、虚灵幽深的境界。

——2004年《反白为黑，惜白如金》

这是太行山，又决然不是太行山，太行山已成贾氏意象之载体、贾氏心象之寄托。有了这样的概念之后，再来欣赏《圣殿之梦》《墨夜之光》《大音希声》《天地之间》《净化世界》《山岳壁观》《大道之行》《大化流行》《大象鸿蒙》《烁梦》《云锦天章》《无欲之门》等等画作，你的感觉就会随之浑化。

观化山水中的这些光，是画面上的吗？是；仅是画面上的吗？不是。若仅是画面上的，那就属于技术活了，它是技术活不假，但又非技术活所有概括。若纯是技术活，别人也会了。为什么别的画家，不能拿来为用？肯定也有人在学，在试，但是，也肯定效果不佳。特别是反白为黑，不会弄好，甚至会弄得一塌糊涂。为什么？没有什么高深之处，就因为学的不是地方，没有入到肯綮。贾先生已经明示：苦要苦的是地方。真的地方在哪里呢？在心灵。贾又福先生多年以来，修炼的是心，他画面上所有的光，其实没在墨上，也没在颜色上，而是在心上。那些光是心灵之光，乃观心所得。贾又福先生深知，“安详的心态是众妙的发祥地”，它“空而灵，虚而妙，非常敏锐，有穿透力”。贾又福先生认识到，“眼见为‘观’，心镜为‘照’，所谓‘照见’，万事万物真面目。这个‘真’是真切的真；真挚的真，真善美的真。是真性情、真慧识、真感受。不是客观真实的真，是精神层面的内涵”。“只有‘心观’心灵的察照，才能一了千明”。

这才是彻底的话。想学他的应该在此下手。

他说：

> 吾画太行山30年，现在想起来，描写对象依旧是太行山，但作品的内涵不同了……懂得了于无心处写山，于山外求诸精神之美。“心观”即令空明澄澈的心性直照万事万物，大道无所不包，心观无所不达。所谓“天地可谓大矣，而不能置于虚空之外；虚空可谓尽矣，而不能置于吾心之外。”故曰：“以心观物，物无大小。”
>
> ——1997年《观照方式一议》

物无大小，物也无黑白，“恍兮惚兮，其中有象”，这象乃心象；恍兮惚兮，其中也有光，这光乃心光。

心光怎么来？通过贾又福先生的多年实践，苦学厚积，不断地“问天、问史、问我”，如泥蝉脱壳，如旱地拔葱，如钻木取火，如滴水穿石，这样来的。这都是在吃苦，吃苦不是在吃亏，但有的人吃苦却成吃亏，关键在方向。方向对了，一切错的也是对的；方向错了，一切对的也是错的。这里头有大深奥。

贾又福先生的方向，乃是自审的方向。在历代老师那里，是见贤思齐，在古圣先贤那里，是借光自照；在自己这里，是扎扎实实。“身无妄动，心无妄念”，一点点收敛自己，归纳自己，使之合道；一点点净化自己，澄澈自己，使之合心。“净极光通达，寂照含虚空”，心灵澄澈，才会有光。心若日月，才会有光。而心光，能照彻万物，“一月普现一切水，一切水月一月摄”，“能为一切法所依，不为一切法所变”。因此，贾先生每次作画，铺开的只是纸，展开的却是心。如他自己所说：

乾坤何浩荡，不灭是心灯！

——2010年《写给女儿》

妙在观音

观化山水，因大有光，因光有大，还有即是音。站在贾又福先生画作前，站得时间久了，你会感觉到，有声音出现。这里的声音不是听，而是看的，不是闻，而是观的。怎么观？静而能观。他的声音是用心画出来的，你也得用心才能观到。妙在其音能观，能观之音为妙。观音菩萨观音，是因为有慧眼，我们能观音，是因为有慧根。

贾又福先生画中之音，或隆重，或微妙，或玄远，或激越……动有动的音，静有静的响。隆重之音如大岳扶摇、天开地坼、阴阳互抱、寒暑交割；微妙之音似月下梅开、轻雪落地、阮郎抚箫、仙姝弄袂；玄远之音若流云拂月、静水托鱼、夜半笋动、清晨露滴；激越之音好比群山攒动、众水争流、风起云涌、浪遏飞舟。其音好听，却是难说。如苏东坡诗："溪声尽是广长舌，山色无非清净身。夜来八万四千偈，他日如何举似人？"

声色从来不分。声音因动静而有，什么动？物动。物为什么动？因为心动。

禅宗六祖慧能，当年曾因风动、幡动之问，而有妙答：不是风动，不是幡动，那是仁者心动。

心动而有妙音。

妙音才能使人妙悟。

老子说“大音希声，大象无形”，大音希声，不是没有声，是我们听不到；“大象无形”，不是无形，是我们看不到。局限在我们，根尘界小，欲望昭彰，“一心贪心起，八万障门开”。因此心声还得心来听，若想听得清冷有序，还须自净其意。

音乐有大用。

中华之所以有泱泱之风，盖在能教化。在自古的传统教化中，音教第一。这便是乐，音乐之乐。化导之民，在于仁义；仁义之国，在于礼乐。

> 乐由中出，礼自外作。乐由中出故静，礼自外作故文。大乐必易，大礼必简。乐至则无怨，礼至则不争。
>
> ——《礼记·乐论》

“乐至则无怨”，这便是音乐的妙用。

“大乐与天地同和”，这便是音乐的妙处。

因此孔子说：“兴于诗，立于礼，成于乐。”

因此“子在齐闻韶，三月不知肉味。曰：‘不图为乐之至于斯也’。”音乐美妙若此，把个圣人陶醉到这样。

这是有声之乐，还有无声之乐。

《礼记·孔子闲居》中有大段文字来论述无声之乐。所谓“无声之乐”，乃是仁静之声，“夙夜其命宥密”；“无声之乐，气志不违”，“无无声之乐，气志既得”，“无声之乐，气志既起”，“无声之乐，气志既从”，“无声之乐，日闻四方”。

此静美之声，不音之音，不乐之乐，浩之瀚之，奇之妙之，乃为至乐。

这也便是老子所言:“大音希声”；这也便是庄子所说的“天籁”：“夫天籁者，吹万不同，而使其自己也，咸其自取，怒者其谁邪!”还是庄子所说的,“天地有大美而不言，四时有明法而不议，万物有成理而不说”。

为什么不言？言便是局限。

因为言有局限，所以有音乐。乐有极限，所以有无声之乐。

无声之乐，去喧嚣，罢杂乱，净污痕，微尘埃，明幽暗，死烦恼；净若明镜，静若明花，敬若明域，诚若明心；乃和之至，乃雅之至，乃柔美之至，乃宽博之至，乃高妙之至。

贾又福先生的观化山水，呈现出来的即是无声之乐么?

请听贾又福先生说：

山水画画声音为难，不画风声，不画水声，而画心声尤难。排除画风、画水而以画大山大石得山岳之声，金石交响乃心音也，以画中不用表言之例。

京剧表现悲伤，示人以背而不露愁容，或以手掩面，表现苦思难判之状，也不示人以脸面眉宇之貌，而以背摇动乌纱翅，暗示人物内心世界。周信芳演徐策跑城，用他独创的京戏舞蹈程式，入微地表现老人特有的步态。此步态，突显急切心情，而不以脸和手的表演为主，重在用脚步的表演刻画内心世界，此亦不取“直言”，而取向观众“遮言”，意得之象外之例。

此乃难于描摹之事，偏偏特令并非直接相关典型之具象呈现观者面前，以笔外、言外、画外、戏外，见作家不尽之意，得言外之余意，在俗套常规之外，臻为上乘。与含蓄朦胧相关而不能相混。

——《意深贵曲》

贾先生此语，可谓箴言。莫说画上山水无音，无音只是难画，并不是不能画。而能画，却也不是人人能画，它必须是在“笔外”、“画外”，用的是“遮言”之法，传的是无声之音。贾又福先生明言：不是朦胧，也不是含蓄，与之“相关而不能相混”也。此乃独妙之法，当下能直见性命，比如听程派青衣，其音声断断续续，似断却又未断，似连却又未连，与胡琴也是相和中又似相悖，正是在相悖间而见大和，唱词含混，要的是音色圆融而恐怕因词害意，而大透彻恰在这诸多的不清晰里。

《史记·乐书》专谈音声，说：“凡音者，生人心者也。情动于中，故形于声，声成文谓之音。”不是所有的声都能称为音的。声音也如山水，有形有象，形是外在，象为旨趣。声只是形，音才是象。因此猴子叫不是音乐，能乐人心者才是音。因此《乐书》说：“是故知声而不知音者，禽兽是也；知音而不知乐者，众庶是也。”

读贾又福先生的观化山水，为什么会陶醉？为什么会被吸引？为什么能生喜悦？为什么沁人心脾？为什么日久难忘？因为它是能乐之音，淳而能化，大而能容，真而能爱。

“杏花疏影里，吹笛到天明”，似乎很美了；“一弹流水一弹月，水月风生松树枝”，应该很静了；师旷鼓琴，玄鹤起舞，已经很妙了；伯牙调弦，子期知意，也已经很深了；但是，这些也够不上无声之乐。正如贾先生所说：

大抵画中之声，或以墨风吹雨，或以悲秋摇树，或以流水湍急，或以飞泉散珠，凡此种种，皆以发声之景求其声也，难得高拔奇逸。固以无声处求其有声，贵得声外之神妙。

——题《山岳之声图》

“乐至则无怨”，为什么礼乐能教化？因为礼乃恭敬，乐乃和敬，乐者悦也，都是因心而有。有声之乐尚如此，况无声之乐！无声之乐乃是大和解、大消解，心与心，心与物，物与物，不再对抗，不再抵牾，不再纠缠，从而得大安稳、大愉悦。

这是在画作与读者这里，画家自己呢，则是心与欲望的和解，欲望消歇，心得自在，从而心与手一如，得于心而应于手。技术上的事与心灵中的理浑然一体，从而理念化为笔墨，笔墨成为理的化身。

《楞严经》上也讲，五根之中，耳根最利，“此方真教体，清净在音闻。欲取三摩提，实以闻中入”。

《法华经》上说：“妙音观世音，梵音海潮音，胜彼世间音，是故须常念。”

其目的是让有缘众生“反闻闻自性，性成无上道”。

声音因动静而有，但动静之音仍是虚幻，一切不离自性，心中自有好声音。

贾又福先生的画，从本质的角度讲，当然也属虚幻。但是，在这虚幻的背后，却是自性本体。如清海禅师偈语：“青山况是吾家物，不用寻家别问津。”

气壮山河

说了大，说了光，说了音，大是在说形，光是在说色，音是在说态，此乃贾又福先生观化山水的形色大略。

该说气息了。好的书画，不是看形的，而是看气息的。这么说吧，之所以喜欢，或者不喜欢，都是因为气息。所谓气息，大者为气，细者为息。气息本一体，如水与波。好的气息，能吸引人、愉悦人，使人流连忘返、喜不自胜。不好的气息，却会使人生厌，让人烦乱，必欲逃之而后快。不仅书画，即便真山水，也是看气息。堪舆家看风水，也称“望气”，气脉绵延，山川贯气，不绝如缕，所谓“石蕴玉而山晖，水怀珠而川媚”，风水即是气息。医家看病，“望、闻、问、切”，望的也是气。世界上的事都一样，外行看外在，内行看内在，内行看外在，也是为了看内在，外在连着内在。这也跟人一样，满腑诗书者与满腹酒肉者，不用交往，一看便知，感觉到的是气息。那么多人画花鸟，那么多人学齐白石，学像的人很多，但是气息学不来。行家分辨真假字画真假古董，看的即是气息。气息在，便是真的，气息不在，便是假的。

为什么？因为气也有根，气根在心。这就是古字画与古瓷器等等的为什么好的道理，那都是古人真心所为，当时他也没想到传世，更没想到值钱，而是一心一意，全神贯注，如“庖丁解牛”、“佝偻承蜩”，即有一丝不苟之静气，又有得心应手之快然，还有“云在青山水在瓶”之自在。这样做出来的东西能不好么？好的气息能够穿越时空，几百年几千年下来，那东西仍是好的。

气乃能量团。能量团不因时空上的流变而变化。因为人心即包含着整个时空，一念即是时空全部，包含过去、现在、未来三世，囊括东西南北上下等十方。这样便是当我们打开一卷数百年前的老画轴，当年气息便会扑面而来的原因。当我们读圣贤书，真能得着圣贤气，时间虽隔千年，但气息不隔。与万里外高人神交，也能得着那人真气，空间虽远，但气息不远。其道理若手机与传播信号，关键在你开机与否。

气息传得远不远，看气之纯正否？平静否？干净否？恭敬否？气息纯正与否，源自心灵纯正与否。心若纯正、恭敬、平静、干净，则气息自然，气息自然，则可越千古超万里。还是那句话，因高质量而有高能量。

古人都知道养气。

古圣先贤都是养气的结果，静心才能养气，无为才能静心。《金刚经》说得再明彻不过："一切贤圣皆以无为法而有差别。"因此诸佛菩萨，"不应住色生心，不应住声、香、味、触、法生心，应无所住而生其心"，万缘放下，得大自在；老子，"处无为之事，行不言之教"而得大道；庄子，"堕肢体，黜聪明，离形去知"，"逍遥于天地之间，而心意自得"。大《易》也讲："乾以易知，坤以简能"，因此天大地大；孔子，"求仁得仁，念兹在兹"，乃为帝王师；孟子："我善养吾浩然之气"而成亚圣。古今仁人志士，都是心大量大、气度非凡之人，之所以能此，盖在善养心志也。当然好的画家也不例外，古人在画论中早有阐发。

五代时的荆浩在《笔法记》中说，"山水之象，气势相生"，气因势有，势因气壮，有气有象而有韵，"气者，心随笔运，取象不惑。韵者，隐迹立形，备仪不俗"，说的是气由心生，韵从神来，"神者，亡有所为，任运成象"，这是不为而为之态，因此才有妙趣。而"妙者，思经天地，万类性情，文理合仪，品物流笔"，真的就到了一个自由的状态。

北宋郭熙在《林泉高致·山水训》中说：

凡一景之画，不以大小多少，必须注精以一之。

……

凡落笔之日，必明窗净几，焚香左右，精笔妙墨，盥手涤砚，如见大宾，必神闲意定，然后为之，岂非所谓不敢以轻心挑之者乎！已营之又彻之，已增之又润之，一之可矣又再之，再之可矣又复之，每一图必重复终始，如戒严敌然后毕，此岂非所谓不敢以慢心忽之者乎！

为什么要这样做？因为他深知，画乃是“真心中物”。

郭熙还说：

世人止知吾落笔作画，却不知画非易事。庄子说画史“解衣盘礴”，此真得画家之法。人须养得胸中宽快，意思悦适，如所谓易直子谅，油然之心生，则人之笑啼情状，物之尖斜偃侧，自然布列于心中，不觉见之于笔下。

——《林泉高致·画意》

［宋］郭若虚有言：

窃观自古奇迹，多是轩冕才贤，岩穴上士。依仁游艺，探赜钩深，高雅之情，一寄于画。人品既已高矣，气韵不得不高；气韵既已高矣，生动不得不至。所谓神之又神，而能精焉。凡画必周气韵，方号世珍。不尔虽竭巧思，止同众工之事。虽曰画，而非画。

——《图画见闻志》

［明］顾凝远明言：

论气韵，六法中第一气韵生动，有气韵则有生动矣。气韵或在境中，亦或在境外，取之于四时寒暑晴雨晦明，非徒积墨也。

——《画引》

清代画家方薰这样说气韵：

气韵生动为第一义，然必以气为主。气盛则纵横挥洒，机无滞碍，其间韵自生动矣。杜老云：元气淋漓幛犹湿。是即气韵生动。

——《山静居画论》

诸家之中，在下独钟石涛，我觉得他说得才最彻底：

法于何立？立于一画。一画者，众有之本，万象之根。见用于神，藏用于人，而世人不知。所以一画之法，乃自我立。立一画之法者，盖以无法生有法，以有法贯众法也。夫画者，从于心者也。

……

笔与墨会，是为絪缊。絪缊不分，是为混沌。辟混沌者，舍一画而谁耶！画于山则灵之，画于水则动之，画于林则生之，画于人则逸之。得笔墨之会，解絪缊之分，作辟混沌手，传诸古今，自成一家，是皆智得之也。不可雕凿，不可板腐，不可沉泥，不可牵连，不可脱节，不可无理。在于墨海中，立定精神。笔锋下决出生活，尺幅上换去毛骨，混沌里放出光明。纵使笔不笔，墨不墨，画不画，自有我在。盖以运夫墨，非墨运也；操夫笔，非笔操也；脱夫胎，非胎脱也。自一以分万，自万以治一。化一而成絪缊，天下之能事毕矣。

——《苦瓜和尚画语录》

为什么石涛彻底？因为他是山僧，出家人熟谙观心法。虽然，他不见得严守清规，但佛家大意他是懂得的，再者禅僧重悟，不在形迹。这位明代靖江王的苗裔，心路历程崎岖，悟机多多，通过他的画及画论，即可看出，他的悟境有多深。

他深知，守住“一”，守住那个不是一的“一”，亦即“不二”法门，不止能画画，而且无所不包，“天下之能事毕矣”。此“不二法门”，

山家月色　2004 年

是连佛菩萨都能成的，成个好画家，岂非小事一端？

上面诸画论，有的说气，有的说养。不养不会有气，养不深不会有浩然之气，养和气密不可分。

所谓养，如何养，此又一大事也，后面会说到。

贾又福先生深知绘画中气的重要，他也几次说到气：

诗与画皆言气。一曰宇宙万物自然之气：元气、真气、阳气、阴气、清气、浊气、生气、玄气、水气、光气、色气等等，……二曰宇宙万物精神之气：骨气、神气、灵气、鬼气、妖气、霸气、势气、文气、野气、朝气、暮气、稚气、俗气、大气、小气、火气、逸气、雅气、凶气等；……总之，气是宇宙万事万物生命状态与精神状态。

自然生命形态与精神情状之气，因诗人画家观照方式不同，感悟深浅不同而表现方式各异。

——1994年《诗画之“气”一议》

在他看来，万物皆有生机，有生机而有生气。因机之强弱和正反，而气分萎顿与昂扬，分阴阳大小、顺逆吉凶。而此万物之气，乃与人本身的气有关,“同气相求”,“物以类聚”，你的世界里的是你的，我的世界里的是我的。

正因为“同气相求”，因此他特注重养气:“学道之人，与宇宙生命之道相契，元气是气最宝贵的气机，要时刻注意将养。画中言气，亦莫能脱离太朴真气。”他从几方面来讲气：

一，精神之气，乃精气、神气、灵气，即生命体总体精神气气象，是心灵、智慧、品格、理想、境界总的一种状态。也可以说是神灵之气，神乃形之生，形乃神之舍，无神乃行尸走肉，无灵则无以通玄化智，无玄无智何能为妙？

二，生命之气，气机、气脉，生命化机，无所滞塞，所谓朝气勃勃，气血方刚，气血相佐，阴阳相济，生气焕发，生命力强。

三，全息之气，即全方位的信息之气，比如打开一幅画，散发出扑面而来的一股气息，立辨真伪高低，此乃全方位的精神气息之气的放射，如空中电波的传播，凡打开心灵开关者，都能收到。气场由气质、气度、气概、气魄能量而决定，"每临大事有静气"者，更能接收到各种不同的信息。

四，能量之气，气运力到，气行力使，所谓"气势磅礴"、"气贯长虹"等等。有内气外气之别，以静制动，以柔克刚，所谓不射之射，乃为至射，不音之音，乃为至音，全以气行，乃更高层次的能量蕴涵，是为内气。"力拔山兮气盖世"，是为外气。善书画者，重视对内美、内气理解和运用，所谓"菩萨低眉，神功内敛"。

五，变化之气，气象万千，生生不息。三春紫气东来，盛夏骄阳气烈……

六，气韵之气，乃气息的播散，气息的流美，流入无止之境，余韵不绝，流向超时空的无尽境界。所谓"仙乐风飘处处闻"，无时无处不存在，但又难以捉摸，"神龙见首不见尾"，无有定踪，实乃神韵之气息，故曰气韵。

——1994年《关于养气》

分类多，说明他用心勤。分类虽多，也是从"太朴"散来。因此贾又福先生读书、读画、尊师重道、研究佛学道典、分析古人画论，都是为了"养吾浩然之气"，没有自己之深根，岂能有奇花异果之芬芳？

芬芳妙气，在贾又福先生的观化山水中氤氲，看他的画，如远山观岚，妙趣多多。

大面积的水墨、彩墨，敷演开来，非山非水非气，即山即水即气。因为它们是意象的衍化，心灵的铺排。我们只能感觉它，而难以言说它。其实好的画都是这样，看得清楚，说不明白。看得清楚是真，说不明白是大；看得清楚的是物象，说不明白的是意象。意象即心象，而心象无相，以气息为相。我们只能说感觉。

观化山水，均以大气称之。虽统称大，但同中也有异。

浑沦之气

观化山水，化出来的首先是大，大气魄、大韬略、大蕴藏，所谓浑沦。如老子言，"有物混成，先天地生，寂兮寥兮，独立而不改，周行而不殆，可以为天地母"，此是对道的勉强描绘，此乃天地万物未生之时的一个状态，它乃是一能量团，因此能生万物，因为其能量大，因此才"顺之者昌，逆之者亡"。贾先生的画，也是一能量团，它裹挟人于无形，感化人于无端，不知不觉之间，就会"和其光，同其尘"。

郭熙之所以说，"山，大物也"，是因为其气浑沦。正因为其气浑沦，他才说"画见其大象，而不为斩刻之形"。画形，形再大也有限；而画气则不然，宏阔无极。我们在观化山水面前感到的即是这种大而难说的浑沦之气。

雄壮之气

观化山水中的气，有雄壮威严之属。正所谓山如猛虎、水若蛟龙，其势若此。如《无欲之门》《洗礼》《穿破固垒》《大化流行》《无边心潮》等一些有动感，或者形势威猛、大墨如崖之作，给人的感觉是，其气肃杀严正，势不可挡，甚至会有几分压迫、威慑的力量，犹如金刚怒目、韦驮持杵、密迹擎山。在此气势下，会不由生出几分怯意，暴露出自己的心灵深处的肮脏狭劣，你或者想逃开，却无所遁形，唯有平心敛气，恭顺忏悔，才能平慰心神。

如果说浑沦之气是大而化之，那么严正之气则是摧而成之。如果大而化之，是不由自己，那么摧而成之则是以正显邪，以高显低，逼人反躬自省。

富贵之气

气到极致，即是虚灵微妙，如白玉无瑕，如净空无染，如天雨曼陀罗，如池开妙莲花，非常微妙，微妙到不可言。即是佛道，又非佛道，如元丰清满禅师所言，“不是道，不是禅，每逢三五夜，皓月十分圆”。恰这十分圆，似乎能说明这种氛围。

这种气应该说非传统山水画中的清寂、孤寒、旷远可比，那些虽然也很高，但似乎不够温暖。

我把观化山水中的气称之为富贵气，似乎俗了，但看怎么解。

什么叫富贵？不是世间人有了几个钱，任个什么职即叫富贵，这个层面上的富贵说不定恰是贫贱。欲海难填，有钱挡不住心穷，有位抵不了卑微。真富贵者，乃是心田广大、心地宁静、心神安稳。因大而富，因静而净，因安而久，因高而贵。因为是大富所以不骄慢不矫饰，如《易》之坤卦，“直、方、大”而“括囊”而“黄裳元吉”。如禅心化境，光明无量。

因而道家能够“小国寡民”、“见素抱朴”、随遇而安；因而禅者能够“竿头丝线从君弄，不犯清波意自殊”。

《明月之诗》《云锦天章》《山盟图》《山岳之尊》《大音希声》《高山仰止》，等等的作品，应在这种气息之中。不是在气息之中，而是气息本身。

我往往被观化山水中的这种大富贵气而感动，而不敢动。它让人肃穆，让人起恭敬心、干净心，让人联想到无纷无扰的世外桃源，让人向往无尘无染的净土圣境。

题跋上的意趣

贾又福先生的观化山水，因为大，因为虚，因为形而上，而呈“大象无形”之貌，无以名之，怎么命名都不能曲尽其妙，因此，贾先生只能勉强而为，虽是勉强，更须勉力。他这么一勉力，使得题目还有题跋，不仅与画面相得益彰，而且有的成为画龙点睛之作。通过这些题目、题跋，我们窥知到的却也是他心底的境域。

“画者，文之极也”，邓椿的这句话，可谓一语中的。中国画乃是中国文人心灵闲静的产物，而中国文人之称谓，绝非舞文弄墨者所能概括，文人为士阶层，而士阶层不仅“文”而且“化”，靠什么“化”？靠儒家“仁、义、礼、智、信”，靠道家“无为无不为”，靠佛家之“上求下化”。

文化文化，只有“化”过之后的文，才是真文。此时之士，心灵已经得到归纳、净化和雅化，郑重其事在先，若无其事在后，正如《论语》中所说：“弟子入则孝，出则悌，谨而信，泛爱众而亲仁，行有余力，则以学文。”学文是余事。

虽是余事，却也是极事，花朵都是开在末梢上的。因此，中国画无不是文人画，而文人画除了画面上的文气之外，还有就是意犹未尽，或者是点缀，而在画面上题跋文或者题诗。而中国画是写的，画面上的汉字也是写的，这样就成为一体，不但成一体，而且起到了相辅相成的作用，出现了出其不意的效果，或是补，或是提，或是承，或是掩，或是巧，或是妙，从而成为一个约定俗成的定制，哪怕穷款也要题才行。

既是“文之极”，必露文之意也。

贾又福先生的题目和题跋，应该说也在这范畴之内，他也有穷款，只题很少几个字的题目，或者只留名字，不是无所题，而是视画面需要。题款，在他这里，已经是整个画面的有机组成。因为是有机，所以是活的，他也不拘成法，依然是创作，依然是我行我素。特别是那些磅礴之作，扑面而来的都是信息，或者说都是能量，纵然如此，贾又福先生仍旧有着意犹未尽之感，或者说，他做的即是一件说不清楚的事，因为说不清楚，他就更需要说，更愿意说，哪怕说出几分也好，因为他不说，也真的有好多人不懂，不是有讥笑他不懂笔墨的人么？也有人说他的画像原子弹爆炸，我觉得这话应该是赞美，但说它的人却未必当成赞美来说。因此，贾又福先生在题跋上“撒欢”，就是有意思的举动了。

贾先生之题跋，真的有意味，看他的画的人未必仔细读他的跋语，我愿意把它们搬一些来，以飨读者。

画中以空白空黑之得画之余味者，犹大辩不言之妙，又如沉默中得音乐之美。

——题山水画

了无神韵，虽一笔两笔，亦属铺张浪费，思接混茫，虽千万笔不觉堆垛，画不可单以繁简论。

——题人物画

无声自有诗，物我通达贵在精神感应也矣，徒具形似终为俗品焉。

——题册页

耕心播艺者，澄怀味象始得，以神法道乃臻妙境，所谓“神之所赐，孰有先焉”。

——题册页

吾壮游太行山区数十次，历三十年焉。心有所得皆在山外之山，心中山也。昨夜梦中，见大岳振起云翼，神游碧空，伟哉，神会于清净世界。今晨澄怀挥毫大快意耶。

——题《玉宇乘风图》

吾于太行山中悟得先贤大音希声之云耳。静观妙想，神会之也。

——1986年题《大岳雄风》

余凡写巨幅，每不欲急就，数十日间一无杂念，似佛家面壁，方得清净如打坐、妙悟似参禅心境焉。

——题《大岳璞玉图》

一即是三三即一，石即云也云即雨，无音之音乃至音，识得无奇便是奇。

——1992年题小品画

天章云锦，无不为我情所织之乎，宇宙风雷，皆乃吾心豪气之勃发耳，上帝于我何异哉！

——题《云之歌》

吾写山岳之魂也，此山此石乃我心中之山石焉，非旦夕之狂想，实多年苦心磨砺，外观内照而后得也。

——题《梦思图》

吾面大山而崇拜之至，每如礼拜朝圣，心向往之，遂变眼中山为心中山矣。写之如醒时梦，且梦愈奇，画愈妙，通人自有解处。

——题《大岳礼赞图》

文章千古事，得失寸心知。画家所谓片纸点墨，皆灵魂之印痕，于后世当无愧色。大道在心，犹四时花、百年树、千秋业、万古人，谓之不灭。

——题《牧归图》

舍俯仰之势，聚翕张之力，感乎造化，寄之情怀，发自心境，深于妙悟，托以笔墨。古人所谓“道通天地有形外，思人风云变幻中”耳。吾虽愚钝，亦当梦寐求之，此吾家门径。古人今人，孰能非也。镜真楼瓢者时年五十六岁。

——2006年题《高山仰止图》

佛非佛，法非法，心灯明处是我家；笔不笔，墨不墨，真性空灵即正果。

——题《山伯对话图》

……

噫嘻！我不能引了，引不胜引。这哪里是题跋，而是艺术宣言，是心灵标榜。我已经猜想到了，他在绘画中的情景，那真的是处于圣境，在做圣事。不是一丝不苟，不是悉心，这些词已经不能界定他。他是在朝圣，是在面对着真切的自己，他已经把自己化掉了，躯体已经不存在，而酣畅淋漓的是光明通彻的内心世界。这才是真的圣境。圣境从来没在别处，但地狱也从来没在别处，是高是低，是明是暗，是净是浊，是死是活，全在一心。

画画是一件事，他把这件事提升了，他借这件事也把自己提升了。他是先提升了人再提升了画呢，还是先提升了画再提升了人呢，还是相互依傍互为因果亦步亦趋共同提升呢？这些问题，不需要贾又福先生答。于他来说，提升是一种必然，就好比一个很复杂的算式最后得到了无穷大，那么它定然是一步一步推演而来，有着前因后果的内在因素。

第二章

以石观化的『观』与心灵自觉

依观立世界

人生不过是个态度问题。态度是“我”对人、事、物的对待，由对待决定“我”与人、事、物的关系。教科书上说，“人是社会关系的总和”，这不错，但还可以更大：人还是宇宙万有的总和。人是事物的核心。如释迦佛言：“诸法所生，唯心所现。一切因果世界微尘，因心成体”。为什么是这样？因为心是有能量的，而能量造就世界。仔细观察便知，我们生活在同一个世界里，但是，每个人又有每个人的世界，各个世界里的一切，都由心来敷演。好心人的世界里，多纯洁多美好；坏心人的世界里，多污秽多仇恨。人心与世界的中间是一等号，因此有智者说：好人好了自己，坏人坏了自己。

心的能量表现在外面，就是态度。你看态度的“态”，繁体字是上边一个“能”下边一个“心”，能心，具备能动的心，具有能量的心。能量怎么来？能量靠质量来。质量高低，取决于物质的细密程度、纯净程度。煤能燃烧，煤矸石则不能，土块尤其不能。心的能量若想大，就必须净化心灵，而净化心灵的方法很多，其中最根本者，无过于至诚、恭慎。《大学》这样说：“知止而后有定，定而后能静，静而后能安，安而后能虑，虑而后能得。”“止”为第一。止在什么处？或者怎么样能止？唯有至诚、恭慎。没有真诚心，没有敬畏心，怎么能说止？能“止”的心，就是纯正的心。“止于一”，守一不移，就是得道的心了。道都能得，何况其他？

我想说的是，人的态度决定人与人、人与事物的关系，而彼此的关系，又反过来决定人的生存质量。还有什么比生存质量更重要的呢？而人与人、人与事物的关系，是由“观”而起。由于观法不同，所见层次不一；层次不一，观点不同、观念不同；观点、观念不同而行为不同；行为不同而效果不同，于是世界热闹起来。世界的热闹由“观见”而起，所以因观立世界。

贾又福先生的“以石观化”，即是以“观”为体，以“化”为用的。“观”是前提,“化”是结果。“观”是高度,“化”是程度。“观”是态度,“化”是结果。他的态度，遵奉的是“画乃圣事”,“画乃圣事”是态度的最本质表达。

没有“观”，就没有“化”，有什么样的“观”，就有什么样的“化”。为什么同进大山，而所得不同？就因为观法不同，观的层次不同，因而所得不同。每个人在各自“观”到的世界里，一人一个太行，一人无数个太行。“日之夕矣，牛羊下来”，即便是牛羊的山，也个个不同。

“观”的方式不同,“观”的效果大异，可见“观”有多重要。

为了说明因“观”立世界的道理，容我把话往远处说、往深处说。

我们都知道《易》，中华文明因为有《易》而自傲于世界民族之林。《易》被称为群经之首、大道之源，是中华文化的总根。其智慧渗透到儒家学说、天文学、地理学、中医中药学，等等，可以说，在宇宙间相对状态下的范围中，它无所不包。

《易》与天地准，故能弥纶天地之道。仰以观于天文，俯以察于地理，是故知幽明之故；原始反终，故知死生之说；精气为物，游魂为变，是故知鬼神之情状。与天地相似，故不违；知周乎万物，而道济天下，故不过；旁行而不流，乐天知命，故不忧；安土敦乎仁，故能爱。范围天地之化而不过；曲成万物而不遗，通乎昼夜之道而知。故神无方而《易》无体。

——《系辞·上传》

这便是《易》。甚至连现代二进位制的电子计算机这样的发明，也跟《易》有着本质上的联系。既然《易》与天地准，当然无论什么发明、发展都会在《易》里头。“神无方而《易》无体”，应该是在说《易》的“化”，其境界是“无处不在”，正因为无处不在，才大象无形，找不到它的体征。

《世说新语》载：

殷荆州曾问远公：“《易》以何为体?”答曰：“《易》以感为体。”殷曰：“铜山西崩、灵钟东应，便是《易》耶?”远公笑而不答。

殷荆州即殷仲堪，东晋时荆州刺史；远公即莲宗初祖慧远大师。慧远大师为什么笑而不答？这不答也恰是答，这里头含有更深的观。

《易》是书么？后来是，原来不是，而只是卦象。古人在卦象上装上了卦辞才有了文字。这些卦象比文字还早不知多少年，连造每一个汉字也都是因为《易》理的启发。卦象怎么来的？观来的。

古者包牺氏之王天下也，仰则观象于天，附则观法于地，观鸟兽之文与地之宜，近取诸身，远取诸物，于是始作八卦，以通神明之德，以类万物之情。

——《系辞·下传》

包牺氏，即伏羲氏，人类早期部落首领。你看伏羲氏在做什么？在观。他的观法远及天地，近及自身，有外观有内视，把自己和宇宙都放在自己的视线之下，做到心在世界之外，全方位、多视角、没有盲区，这样的观照、观察，条分缕析，比类归纳，从错综复杂的万象中抽象出典型的符号：八卦。何其繁杂之宇宙事物，却只归类八种，简到不能再简，真是神奇、玄妙！就像后来的代数学，只一公式，却可代指无量。正因为是归纳而来，所以能够演绎、推导。所谓“太极生两仪，两仪生四象，四象生八卦”，然后八八六十四卦，再细为三百八十六爻，由此来囊括了世间万有。这也像一株树，一根数桠、无数枝叶。虽是一根，却有无数枝叶，虽是无数枝叶，却也本来一根。枝叶各各，却也枝叶一如。都是由观所化。还是《系辞》说得好，八卦之用，在于“以通神明之德，以类万物之情”。“通神明之德”为玄，“类万物之情”为妙。这么说来，这个世界，全在伏羲氏的眼里，伏羲氏的眼在哪里呢？在伏羲氏的心里。我相信他的观，不是我们这样用眼看，而是用心感知，用心观照。因此，不敢说这个世界上是观出来的，却敢说这个世界在观照之下。

这是古圣的观，还有更玄妙的，那便是佛陀的观和诸菩萨的观。“观自在菩萨行深般若波罗蜜多时，照见五蕴皆空，度一切苦厄”，这是《心经》开篇所言。《心经》所说，不过一个“观”字，由“观”而有因果。“观自在”菩萨“观”见“自在”，而“照见五蕴皆空”，而芸芸众生，观见的是“色”体，因而有“受、想、行、识”，一系列的关联造作，从而有生死轮回。

佛菩萨的观照，即是般若智慧的澄观静照，没有个人的立场，因为有立场就有角度，有角度就有局限，“不识庐山真面目，只缘身在此山中”，佛菩萨是跳出来，全然跳出来，不只是从外在事物中跳出来，而是从自己这里跳出来，跳出自己来，全然无我，站在局外看全局，全方位，全视角，全息，消除情感色彩，没有主观偏见，“本来无一物，何处惹尘埃”？因此佛菩萨观到的是真一境界，他所用的方法也是“不二法门”。因此说，佛菩萨的境界也是观出来的。只是他们的观，不是我们凡夫的肉眼虚幻，而是离开明暗二尘的般若心观。

同是心观，也分层次，佛有五眼六通，所谓五眼，即是观照的五种方式，五个层次，五重境界，所谓“肉眼、天眼、慧眼、法眼、佛眼”。这五个层次，一个比一个真，一个比一个高。

因观照而知世界，因观照而立世界，因观照而享有世界。只是观照有高低，世界有大小秽净而已。作为画家，其实即是以观照为职业的，他所吸纳的世界，无非形状色彩，他所呈现的世界，也无非形状色彩。形状色彩是用眼睛来观看的，画家不过是把自己观照来的再描绘出来，然后给读者看。读者看到的，是画家看来的。因此，画家无不重视“观”的作用。

宗炳在《画山水序》中，开篇即讲：“圣人含道暎物，贤者澄怀味像。”这即是讲圣贤的观法，“含道”“澄怀”，是观，“暎物”“味像”是得。所有的圣贤无不如此，因此宗炳例举从轩辕、尧到许由、孤竹等人，都曾多年居山。这些圣贤均非画家，也都在观山水，也都由观山水而独得其心。为什么？此中玄奥，大抵在于山水层次深邃，高低上下、大小多少、深浅远近、掩藏映露、云雾变幻、日月漂移、山光水影、神仙鬼狐、狼虫虎豹、蜎飞蠕动、万类在焉，这一切可能最能代表人心之秘。信息量大，无过山水。观深有深，观浅有浅，观近有近，观远有远，观大有大，观小有小。因此，凡观心修道者，均在深山。“天下名山僧占多”，进深山不仅为了避喧嚣，更是为了观玄妙。不以山水为目的，却借山水达到，圣贤尚如此，况以山水为目的的画家！以山水为目的的画家，观山水的目的是为了画山水，画山水的目的是为了得胸臆。所谓胸臆者，即是心灵道体，不过有深浅远近罢了。深者，会由画而化，化作高妙；浅者，纵然化不出来，也会因此而荡涤心神。正是在此意义上，中国山水画才有着与其他画种不同的含义，它含载的东西更多些，形而上意义更多些。

唐代张璪论画：“外师造化，中得心源。”这是句到底的话，仅这一句，便够好多画家吃好多辈子。这其实也是在说观。“外师造化”，怎么“师”？须观明白，观透彻，观出心得，观出感悟，然后才能“师”。“中得心源”，因为是心观，所得在心，山水不过是心灵的映照。因此，“外师”是观的途径，“中得”是观的效果，“外师”师的是物象，“中得”得的是心象。“外师”与“中得”相互映照，相互激发，相互领略，其实是一回事。

石涛的画之所以高妙，石涛的画论之所以深奥，在于他有他的观法。

山川天地之形势也。风雨晦明，山川之气象也；疏密深远，山川之约径也；纵横吞吐，山川之节奏也；阴阳浓淡，山川之凝神也；水云聚散，山川之联属也；蹲跳向背，山川之行藏也。高明者，天之权也；博厚者，地之衡也。风云者，天之束缚山川也；水石者，地之激跃山川也。……

——《苦瓜和尚画语录》

这即是张璪说的“造化”之形迹，只观这个，山是山，水是水，与我何干？如石涛所说“且山水之大，广土千里，结云万里，罗峰列嶂，以一管窥之，即飞仙恐不能周旋也”，你是你我是我的观法，不解决任何问题。石涛说，“以一画测之，即可参天地之化育也”。这便是心观了。

测山川之形势，度地土之广远，审峰嶂之疏密，识云烟之蒙昧。正踞千里，邪睨万重，统归于天之权地之衡也。天有是权，能变山川之精灵；地有是衡，能运山川之气脉。我有是一画，能贯山川之形神。此予五十年前，未脱胎于山川也，亦非糟粕其山川，而使山川自私也，山川使予代山川而言也。山川脱胎于予也，予脱胎于山川也。搜尽奇峰打草稿也，山川与予神遇而迹化也。

——《苦瓜和尚画语录》

好一个“山川与予神遇而迹化也”！此即是“观”与“化”的关系，“观”与“化”之间，以“神”来“遇”，从而“化”出形迹。石涛的画，便是这样“山川与予神遇”而成，又怎能不传神？

且再看郭熙怎么说，千山各异，万山不同，有“高远”、“深远”、“平远”“三远”、有“山大于木，木大于人”之“三大”，千差万别，“莫可穷其要妙”，怎么个观法？郭熙这样说：

欲夺其造化，则莫神于好，莫精于勤，莫大于饱游饫看，历历罗列于胸中，而目不见绢素，手不知笔墨，磊磊落落，杳杳漠漠，莫非吾画。此怀素夜闻嘉陵江水声而草圣益佳；张颠见公孙大娘舞剑器而笔势益俊者也。今执笔者所养之不扩充，所览之不淳熟，所经之不众多，所取之不精粹，而得纸拂壁，水墨遽下，不知何以掇景于烟霞之表，发兴于溪山之颠哉？

——《林泉高致·山水训》

这里郭熙把观法与画法都说了。“饱游饫看”，“历历罗列”，不是照相，而是经过了在心中蕴育发酵，由物象到心象，“中得心源”，得意忘形之后，才可以“目不见绢素，手不知笔墨”。所为是“掇景于烟霞之表，发兴于溪山之颠”，“掇”是借意，“发兴”才是本意。

想知道贾又福先生的画是怎么画出来的么？郭熙已经替他说了。

依观立世界，画家尤是。知道了“观”的意义，才会有“观”的自觉，有了“观”的自觉，才会有色彩世界的真正建立。当然这个世界也是虚幻的，如南泉禅师讲：“时人见此一枝花，如梦相似。”虽然如梦相似，也毕竟连着心灵。

贾氏观缘

贾又福先生生在冀中平原，眼目所及，一马平川，无山无陵，但西边有太行山脉，只是远在四五百里之外，在那交通不发达的年代，可谓遥不可及。不过，也不是见不到，是在夏日，大雨过后的极清明之际，有时会隐约看到远方的山影。即使那偶尔的一瞥，印象却极难忘：那梦幻般的实有，可望而不可即。正因为可望而不可即，才产生出了极大的诱惑，以为那是仙境，后来读《庄子》，说“藐姑射之山有神人居焉”，我就会联想到童年所见的太行山影。我的老家与贾又福先生的老家是一块土地，我愿意把我的感受当做他的。我想他与太行山的深缘，说不定就是因童年见山影而定终身，若不然的话为什么他竟然会在冥冥之中，突然就来到了太行山。来太行山的不只他一个人，而是一群人，却只有他与太行结下了如此深的缘。

那是在1964年的中秋节前后，正是秋高气爽之时，明月正如诗，那些日子却又有纷纷细雨，浓雾细霭，云叆叇，水潺湲，正是多情的太行尽展天之明晦、山之奇妙、人之朴厚，以此来显示太行之大度、之灵秀、之深奥，以此来引诱、招徕心有灵犀者。

此时的贾又福，是中央美院即将毕业的学生，此时的中国，也是在之前的“反右”和之后的“文革”两次思想文化动荡之间的一个相对宽和、平稳的阶段，呼吸相对自由，贾又福先生此时在校可谓正逢其时。这时的他，已经不是当年在老家时那个虽然喜欢画画却是眼界不宽的孩子了，在中央美院这艺术殿堂里，他如泥蝉脱壳般迅速蜕化。在这里，他得到了当时全国最高艺术水准和最高学术水准的诸位老师的亲炙，如李可染、叶浅予、李苦禅、宗其香、何海霞等，他还私淑潘天寿和石鲁，他把这七位老师尊为艺术道路上的“七星北斗”，或者“七星宝剑”。在这七星引领之下，他深入到历史的艺术河流中，如饥似渴汲取营养，研读历代画论，旁涉圣贤典籍，领略诸子明言，在老师们的指导下，临摹了诸如范宽、董源、石涛、龚贤、渐江、黄宾虹等一大批历代名家作品；在老师们的带领下，几次到京郊山区写生，画了好多习作，作了大量的艺术笔记和学术笔记。在有了这样的基础之后，他们来到了石家庄西部平山县境域的太行山。

真是其时恰有其事，其事恰有其人。谁能想到，这众多学子里面日后会出一个以太行山为血脉关联的大画家。

这次深入太行，是为毕业创作而来，即是说，在他即将脱胎离开母校之时，就立即与太行做了形式上的衔接，虽然他无心，上苍却有意。这是贾又福先生第一次与太行亲密接触。但仅这一次就给他留下了深刻的印象。不止是太行的雄伟、壮阔，还有山民们的朴厚和坚实。可以这么说，他与太行一见钟情。15年之后，他曾有艺术宣言：“择一而从，许之终生，得天独厚，志在必成”，这其实是对太行山的一次深情表态，也是艺术道路上的一份心灵自觉。

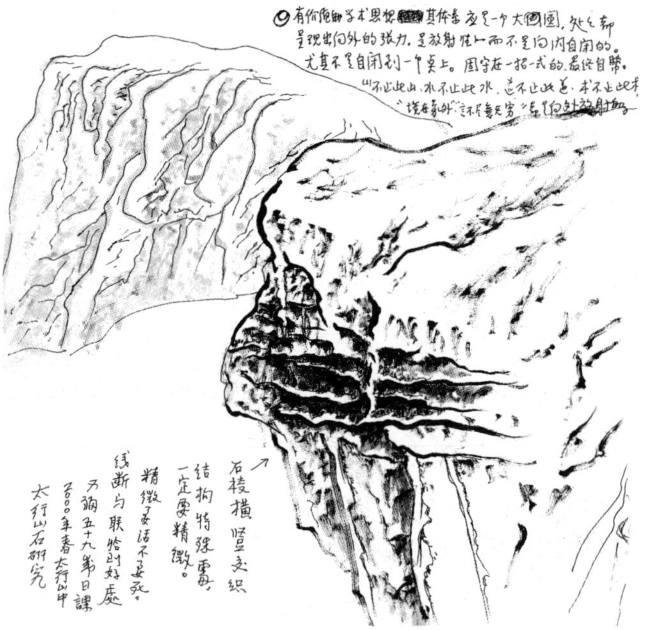

山石研究　2000 年

有价值的学术思想体系应是一个大圆，处处都是呈现出向外的张力，是放射性的而不是向内自闭的，尤其不是自闭到一个点上，固守在一招一式的最终自毙。山不止此山，水不止此水，道不止此道，术不止此术，“境在象外”，“言有尽而意无穷”，都是向外放射的。

石棱横竖交织结构特殊处，一定要精微。精微要活不要死。线断与联恰到好处。又福五十九岁日课。2000 年春太行山中

太行山石研究。

山石研究　1985 年 5 月

与太行山结缘，就等于他决定了“观”的对象。

选择了太行山，他就放弃了或者淡漠了其他的山，无论黄山的奇、华山的险、峨眉的秀……无论那些山多么入画，他也不生艳羡之心了。这是他的命。他也曾问道于人，有人劝他还是不要锁定一个地方的好，画家么，要的是读万卷书、行万里路，遍览名山大川，不见石涛有“搜尽奇峰打草稿”之论？他也许有过犹豫，但是思考之后，他还是听从了自己。

毕业之后，他被分配到中央戏剧学院舞台美术系当老师。其实，分配到哪里已经不重要了，因为他已经有了意中的太行。只是好景不长,“文革”风暴骤起，且一刮十年，国将不国，事已不事，人或非人，一切瘫痪，或者比瘫痪还坏，那即是变态、发狂。艺术已经不是艺术，而沦落为政治的奴仆，而此时的政治正癫狂。即便这样，他也没有忘记太行山。在“文革”最激烈的1967年，他一个人来到了太行山，依然是平山县境，在大山深处的皱褶里，翻山越岭，从这个村子到另外的村子，无心计行程，无心算日子，只见日落日出，月升月降，山水默默，他亦默默，山水喧哗，他仍默默。这次他只是看，动笔不多，只画了少量速写。他来干什么呢？曾与山水相约，他来讯问，看天地变色之时，山水是否依旧；也是来印证自己，让山水映照一下，看心上污尘几许；更是来寻找慰藉，岁月风雨飘摇，他孤心无依，看憨厚的大山，能否托举他的沉重，看巨船似的太行，能否载起他的沉沦。山水无言，虽山水无言，却也一默如雷，无形中使一个人坚定了自己。我相信有了这一次回访，游船已有锚缆，表面看虽然还是他，但已经是得了信物的他，从此谨记在心的是那份自觉。1973年，他第三次来太行，这次是带领着他的学生们来的。他愿意把太行介绍给他们，或者说奉献给他们。再后来，就是1977年，这时“文革”已经结束，历史轨道开始拨正，贾又福先生也被调到中央美院。这时他第四次来太行。他这次来太行，是在太行的北端，房山境内的十渡。十渡乃地名，所谓十渡，即是不太长的距离内先后十次过河，过的却是同一条河，可见河流之曲折，也可见风景之美妙。此次来太行，对于贾又福先生来说，是在初识、再识之后，彻底明晰了自己的自觉意识之后的实地触摸，从此之后，他步入了与太行真正神交的实质性阶段。

从1964年到2013年，整整50年，贾又福先生已经50余次到太行。贾又福先生与太行，真是知交、至交，彼此不离不弃，青山虽不老，人却已白头。

所以每次到太行，对别人来说，可能是到，对他来说，不是到，而是入，且是深入、心入。所谓深入，即是深观，所谓心入，即是心观。

与太行的缘，是观缘。缘是条件，他与太行互为条件，没有太行，贾又福不是贾又福；没有贾又福，太行山还是太行山，但却是另外一座太行山。太行在贾又福心中，贾又福也在太行山心中。不要说太行无心，太行以真诚为心。

观缘定了，观的效果才会有。当然，并不是所有的观都有效果，也可以说都有效果，但分高低、深浅。观，首先说是真诚的、用心的、有渴求的。山水如《易》，也是以感为体；山水其实也如菩萨般慈悲，有求必应，求浅得浅，求深得深。

贾氏观法

太行山太有名了，太行有名，缘于列子。《列子·汤问》里，有“愚公移山”。愚公移山之举，其艰难程度，其真诚程度，其坚韧态度，其苦干精神，不仅感动人，而且感动神灵。“操蛇之神闻之，惧其不已也，告之于帝。帝感其诚，命夸娥氏二子负二山，一厝朔东，一厝雍南。自此，冀之南，汉之阴，无陇断焉”。

愚公所移的就是太行与王屋。

现在的太行从河北到河南，南北纵贯八百余里，东西横跨河北、山西，脊脉连绵，就是夸娥氏之子神力所致。

贾又福先生选定的就是这样一座神奇的山，它也果然还人以神奇，起码是还贾又福先生以神奇。

太行慷慨，但也不是对谁都慷慨，包括对于贾又福先生，也不是从一开始就慷慨，甚至一开始还很吝啬。它也跟天帝一样，得“感其诚”才行。刚说了，它也是以感为体的。你感多少，它应多少。但一开始，贾又福先生还不懂得“感”，不感遂不应。因此，贾又福先生的“观”，也经历了由不自觉到自觉、由浅入深、由外向内的过程。甚至到现在，他这种深入还没有停止，所谓“咫尺顽石观大化”，即是他不断探索不断深窥的理性概括。

这么说吧，贾又福先生也是愚公，他把太行又移了一回。这次不是“投诸渤海之尾”，而是一点点移到自己心里，与太行浑化、熔铸。他一个人默默付出的力量应该说远超愚公。愚公付出的是体力，贾公付出的是心力。他是“以其诚”感动太行，太行“以其诚”再感动他，两两之间，经过了你是你、我是我，你是我、我是你，最后达到你我不二的状态。他的观法，也是先由外观，然后内观，先观物，后观心，由不自觉到自觉的这么一个过程。

外观阶段

贾又福先生初入太行，不管有没有“愚公移山”的神话为背景，山的雄奇、山的浩瀚还是让他瞠目。我相信，在1964年8月那次进山，贾又福先生定然半是惊诧，半是欣喜，目不暇接与浮想联翩交替。这时的他，虽是乡下来的孩子，但经过了几年开蒙、深造之后，对艺术已是充满向往，只是思想尚在孵化中，如雾里看花，一切朦胧。虽在朦胧中，却毕竟有东西在孕育。因此他的惊喜，就不是全然没来由。也许在隐隐约约之中，会有消息在焉，只是连他自己也习而不察。因此这时的“观”，也只是为了观而观，山的好水的好人的好，他都看到了，且写下了好几篇日记。日记中所透露出来的，都是具体的东西，都是细节，如他后来“观化山水”中夕阳里的牛羊和背山柴的老汉，这些细节都好极了，只是当时尚缺乏思想的背景，全然朴素，没有深度。但后来的所有深度，却也正是含蕴在这全然的朴素里。

1967年他自己来太行，应该成熟起来的他却陷入迷惘，甚至连迷惘也是迷惘的。世界正在崩塌，世界崩塌与个人成长形成了巨大的深层次矛盾，连受人尊敬的老师们都被冲击和被低视，这对于一个朴素憨厚的年轻人来说，如悬崖边一脚踏空。他来太行的目的应该说也是盲目的，却又是必然的。正是当年的美好吸引着他，他来此地的目的，恰如浊水中的豚鱼探出头来的一次吸氧，也是在印证当年的一个梦境。因此这次来太行，仍不具备真正“观”的条件，包括外部条件和内部条件。

国家的命运与个人的命运其实是一个命运，国运不济时，个人的抗争与不屈有大意义却无大效果，内心深处的东西即如胚芽，一旦条件成熟即可发苞显像。贾又福先生真正与太行形成“观”的关系，应该说是在“文革”结束之后。

从1977年开始，贾又福先生开始正式亮相太行，进入写生阶段。写生，也只有写生，才是“观”的开始。

写生是什么概念呢？是心观的发端。只有写生，才是启动心灵的开始。写生不是写熟，写生不是写死。所谓生与熟，熟是套路，熟是习气，而不是创作，创作是陌生化的过程。所谓写生，即是发现那些原来没有发现的东西，因为原来没有发现，现在发现了所以是陌生的，没有见到过的。正是这“生”让人惊喜。这陌生怎么来呢？是叩问来的，是像剥笋一样一层层剥离出来的，之间有去伪存真、去粗存精、去现象存本质的过程。但这过程却并不清晰，与其说是问出来的，倒不如说是观察对象的慷慨赐予。对象虽慷慨，却不轻易，它往往是在你寻访了多遍之后，在你几乎绝望之时，在绝望之时却仍在坚持的那一刹那，突然就有了回报，正所谓“众里寻他千百度，蓦然回首，那人却在灯火阑珊处”。这是生与熟。生与死呢？何为生？活活泼泼为生；何为死？陈陈相因为死。心灵从来是活的，艺术是最贴近心灵的，是心灵开出来的最艳丽最鲜活的花朵，心为体，艺术为用，心是营养钵，艺术是拱动的蘑菇。

僧问赵州："如何是定？"赵州答："不定。"问："为什么不定？"赵州答："活物，活物！"

——《赵州禅师语录》

赵州所答意在禅修，其实这也恰是艺术的真谛。艺术是活的，是自然生长出来的，因此创作当中一切的谋划、安排都无济于事，或者恰恰有害。写生，是心灵与对象的真诚对话，是个相互探寻相互发现的过程，如果你无心于他，他怎肯有心于你？写生还不仅仅是为了发现对方，而是为了在对方那里发现自己。所谓写生，是写自己的生，而非对方的生。对方本来是生的，对方的生自在自为，自得圆满，我们写生的目的，是让对方的圆满映照出自己的圆满。对方就是镜子，镜子里的东西不是镜子本身，而是自己。对于画家来说，自己在自己这里，也在描写对象那里，或者说更在对象那里，为什么？因为画家表现自我的形式在画那里。

听说现在写生，有的画家见了好风景，马上照一张相带回来，这已经失了写生的本意。试想一下，跟一个姑娘见面谈恋爱可能成功，跟漂亮姑娘的一张照片谈恋爱能成功么？失去了交互，已经不是写生。

生与熟是一大矛盾，生与死更是一大矛盾，没有矛盾也就没有艺术，艺术的根本就在于解决这些矛盾。矛盾越大，却又解决得好，这才是好的艺术。有一画家这样说画画，"画错了，即是画对了"，此中意趣只有得着艺术真谛的人方能知晓。

贾又福先生的写生，是真写生，他来太行，不是来看山的，而是来朝圣的，太行山水在他眼里，已非山石土木，而是圣灵代指。如他自己所说：

……我总是像朝拜圣贤一样地朝拜太行山。当我站在太行山的危岩绝壁之下，仰望着这阅尽数万万年沧桑变化的巨人，它给了我恩赐——力量和智慧。你们想想，它那样庄严、肃穆、雄浑、博大，那样深沉内敛，如果恰和了你的精神，你就会倍加珍视。你如果漫不经心地去和它谈话，像做游戏一样地去为它传神，你能有什么收获吗？如果要在它面前玩两下，逸笔草草，你会觉得自己太狂妄、太渺小而自惭形秽。

我对它朝拜的同时，更想与之坦诚地神交。使自己极为恭谨地领略它渊博的内涵，而赋予它的是我全部情怀和我的全部智慧和灵魂，因之我笔下的太行山，一山一石，并非它的本身。我所梦寐以求的是大山与我智慧的浑铸，巨石与我灵魂神会的结晶——我之灵魂的化石。

——《像朝拜圣贤一样朝拜大山》

这是贾又福先生在创作《太行丰碑》之前，那时的他对于太行山，就已经是这样的一副情怀。

可以这么说，《太行丰碑》所竖立起来的，其实是贾又福先生的精神风貌，《太行丰碑》所传达出来的信息，是贾又福先生当时的心灵总结。现在我就凭借这信息来叙说。

如果说，在“文革”前与“文革”期间，贾又福先生与太行的关系是“见山是山”阶段，那么“文革”后到80年代，则是“见山不是山”阶段。

但同是“见山是山”阶段，也有差异。“文革”之前之中，对山尚属平视，你是我，我是我，我与你同等，甚或我比你高，你不过只是山，只是我眼里的一个物象。此时的“见山是山”，其实恰是见山不是山，见到的只是表象。

到了“见山不是山”阶段，山从物象中脱现出来，顿成巍峨，它的凸显，为当初始料不及，原有山水不复存在，呈现在面前的却是高大、雄浑、威猛、广博之心灵影像，如人间世尊、光中佛陀般晃人眼目。

这也便是贾又福先生朝拜它的理由。

为什么会有这样的变化呢？因为发现。发现了什么？发现了自己。怎么发现了自己呢？因为感动。当我们给大山一点真诚，大山便百倍回馈。大山的慈爱如老祖母阔大的衣襟，可以覆盖全世界。人由此而感动，由感而应，于是与山那样深邃的自性就显发出来了。百感百应，相互认可，人的恭敬心、虔诚心自会愈来愈深。诚敬愈深，庄严愈显。显发归显发，但人却意识不到，因而不承认是自己，只是感到山的威严与庄重。虽然意识不到是自己，却也正好彰显了自己。人们通过欣赏山水画作，感受到的恰是人的精神。

这便是中国山水画蕴含所在。

上一章说过，山水画是个大虚假，我们却从大虚假里见到大真实。所有的真，其实都在假里，所有的假也是真的外显。

自己真是美呀，多少年来我们看到的不是自己，自己没在自己这里，而突然在大山那里发现，会有多么惊讶，这就像小孩子第一次在镜子里发现自己的面貌，由此顾盼连连。这一点我们通过贾又福先生在太行山的表现就可以看出来。

……最大的收获还是后来亲自到太行深山探路，到辉县松树坪，上八里、下八里，又经薄壁爬十八盘，在十八盘最高点，得平生第一次宏伟印象，始有《太行丰碑》的构想。

……这年和前几年我在艺术探索上有所不同，更钟情巨石、绝壁，我和耿安辉起大早顺盘山道一直朝山西方向走下去。太行巨石，危岩绝壁，千奇百怪，不可名状，激动之余，停下来多看几眼，当时为了多看，来不及坐下画。但饱览，乃最美的精神大餐。

——1982年《太行丰碑的由来》

真的是看不够。因为看到的是山水，更是山水里的自己。朦胧的、没有明晰认识到的自己，因此“不可名状”，因此激动不已。可以想见他画《太行丰碑》的情景，那是对自己影子的一次认真的捕捉。因此他画了一稿，以为不是，于是画二稿，二稿三稿画了好几稿。在画二稿的时候，由于屋子小，看不到整体效果，而又时时想看，只好把画稿挂在自行车车梁上，跑到美院，爬到13层楼顶，在那里远观近瞻，得以尽兴。

正是自己把自己吸引住了，也正是自己引导自己朝深处、朝更深处，探秘一样一寻究竟。

在20世纪70年代末到80年代中期，贾又福先生应该说正处在这样一个状态，有莫名的喜悦和冲动，喜悦是因为发现了自己，莫名是因为不明晰，冲动是因为想着明晰。

即便见到朦胧的自己，也会有一种东西生出来：我是我，不是别人，不能是别人，别人是别人，到别人那里决然找不到自己，非但找不到自己，弄不好还会迷失了自己。于是他早在1984年就发出《醒识》，告诫自己也告诫学生:“重点研究，重点回避。”将历代重要画家“研究透之后，愈是亮眼的越要回避，”“愈是研究得深入，愈不能流连忘返”，思想好不明晰！研究，研究透之后，赶紧逃离。既然逃离，为什么还要研究？不研究，不知道离开什么。之所以能够离开，是因为认知到了有个自己。好多人之所以迷在别人那里，端着人家的残羹剩饭吃得津津有味，是因为没有找到自己，甚或根本就没有想到有个自己。“无端更渡桑干水，反认他乡是故乡”，由于错认了故乡，流浪中尚不识流浪，真是可怜见者。如贾又福先生画的一张小品画，一只蜜蜂正恋着一个蜂窝状的莲蓬，贾又福先生跋曰:“似家非家，莫向人夸。”

已经知道了有个我，有个他，且我在他那里，因为不明晰，即仍属外观。

顺带说一句，能够进入到“见山不是山”的境界，已属不易。纵观当今画坛，能够在意象层面上立足的画家，有几个呢？更多的还属于画是画、我是我，甚或画也不是画，我也不是我的状态。

内观阶段

应该说以《太行丰碑》《太行铁壁》等一系列作品为标志，贾又福先生正式进入到“以石观化”的自觉状态。

其实来分阶段，就已经错了。上面说的外观，即纯是外观么？外观与内观，又怎么能分得清楚？它是一个成长的过程，如一株树，谁能说出它是哪一天长大？卦上说“潜龙勿用”，但“勿用”之龙也是龙，到“飞龙在天”之时,“在天”之龙与“勿用”之龙却是同一条龙。如庄子所言:“方生方死，方死方生；方可方不可，方不可方可”，这样一个即是你，又不是你，不是你，恰是你，即是我，又不是我，不是我，又恰是我的阶段。如冬春之交，柳丝先绿，杏花初红，谁能说清冬春之交到底在哪一刻？

贾又福先生的外观内观，也是这样。已是内观，但尚朦胧，可归为外观。虽属外观，已入自觉，即属内观。分界线就在自觉与否。

可以这么说，到20世纪80年代末与90年代初，贾又福先生进入到相对自觉状态，由自觉而觉自。此非我臆断，而是有标志，有层次。

标志一：清晰

抱定太行，“择一而从”是清晰，“以石观化”是清晰之后的深化。

1991年余以自家所悟，谓之灵台化石或曰灵魂化石并以石观化，借此以观世事沧桑之变，遂有以石观化之座右铭。

——《以石观化之座右铭》

所谓清晰，清晰的是什么？是方向。

人生最大问题无过方向，方向错了一切皆错。小到一件事大到生命，概莫能外，绘画亦如是。绘画的方向在哪里呢？在技巧上么？肯定不是；在名利上么？当然更不是；实是在心灵上。绘画和其他任何事一样，只是为提升和锻造人的心灵提供了一个平台。有利于人的心灵的提升的即是对的，反之即是错的。“弃我去者，昨日之日不可留。乱我心者，今日之日多烦忧”，这肯定是错了。应该有一份欣喜在才是对的。为什么会有欣喜？因为自在。若自己不在，只是妄心在，则已在虎穴矣。

“以石观化”，非常明确，“观”不是目的，“化”才是目的。化什么？借沧桑之变，问天地之属。在哪里化？心灵。天地之大，大不过心灵，江海之深，深不过心灵，万类由心，大化在内。而绘画的意义在哪里呢？在以心传心，表面上看的是画，其实看的是心。

万类有息，画家即是观息的，画家是以息观息，以息会息，息息相通，心心相印。绘画乃得息之举，因此绘画作品，不必看别的，看气息即是，是深沉是高妙是浅薄是肮脏一见便知。画的作用是借画说息，借息说心，以类引类，绘画之用大矣。

道路已彰，信心已立，剩下来的事情就是行了，在行进中检验信心，在行进中辨别道路，在辨别与检验中进一步明确方向。

有了方向的行进，则是非常明晰的自己的脚步了。细读贾又福先生当年的笔记，则无不在强调方向、认定自我。

“用黄宾虹的办法是绝超不过黄宾虹的”，必须“找一块自己的领地，把握住与之（传统）抗衡的学术思想和实践的途径”，“要在特别的风水宝地，画得天独厚的东西”。并且认定，“石头这个艺术堡垒，是前人的薄弱环节”。（见贾又福《深刻认识传统》）而要做到这点，就不能误入歧途，不能踏入别人的路，特别是不能踏入大师之路，“如来行处我不行”。为此，贾又福先生在《师误》中，反复引用大师们的话，来说明不能误入的道理。他引用张宗子所言：“文长之学文长者，实多为文长所误。然学文长而全学文长之恶套者，则文长又为学文长者所误”；引用齐白石“学我者生，似我者死”；引用蔡邕“学我者死，叛我者生”；引用李北海“学我者拙，似我者死”；还引用尼采、儒勒·列那尔云等，是在以泣血之心真诚呐喊，“则我可与古人并为兄弟”，不可成为其流弊儿孙。他朝夕惕厉之处在于：“惟独其亲授弟子之中，墨守其门者，是败坏门风的最佳人选，是用显微镜放大乃师缺点的吹鼓能手。”

把谁谁学像了，不是有好多人在为此得意么？其实这才是不肖子孙！越“肖”越不肖！不“肖”才肖！

就因为艺术是独一无二的，若有二，已经不是艺术。

即便笔墨技巧，也是在辨明方向之后才会有的。“真正懂得了艺术究竟是怎么回事，怎么高，怎么低，才能真正学会灵活驾驭笔墨的技术方法”，“入法才能离法，脱开前人的成法束缚，‘我法’始可立矣！”他用输血来比喻师徒关系：“师徒个人艺术之血，是根本不同的物质和精神的特殊‘血型’，强行输入，艺术必死！”（见贾又福《理与法》）

他把艺术家比喻为走夜路的人，是在幽玄、神秘中探索，是在即得之时，又在未知之中，由是既惊且喜、既喜且妙。是在自家屋里寻珍宝，有着那样一份坦然，一份期盼，一份索求中的喜悦。为什么会这样，因为是在寻找自己的生命，是的，生命恰在艺术里，艺术是生命之花。（见贾又福《艺术是神圣的，画家是造物主》）

贾又福先生在石头那里发现了自己的追求所在，他说：

当我一到太行山中，胸中贮存的古今各家各派创造的山石信息便显示出来，这些信息启发我，同时也警告我说：山外有山，石外有石，山石之外物，尚能有山石，悟得自己心中的山石，乃见真山石。于是，我满眼皆是山石，满心皆是山石，但是满目满心都投在没有古人山石处。这叫借助古人之石，抛弃古人之石，通过长期清净的观照，悟得石中三昧，自认为是苦中乐境。

这种置身大自然中，与山石对话，与古人对话，与万事万物对话，从而于心中空明察照的虚而灵、空而妙、妙而悟、悟而得，得而不住得的悟道方针，与古代先贤是相吻合的（虽然具体做法、参悟深浅各不相同）。可以概括为：沿圣贤之道，破圣贤之法。

——1991年《破执者悟，返法者迷》

“沿圣贤之道，破圣贤之法”，这应该说是贾又福先生总结出来的艺术真谛，所谓得三昧者，此即是。

他屡屡让学生们深入传统，却不是让学生们迷恋于此，而是破除迷信，找到自我。古人不是我，我今是古人。古人即是高人，高人即是有独立见解、独特建树从而创立自我境界的人。如他所言："入古者深，出古者远。"入是为了出，出生入死，出者生，入者死。不入者不死，却也不活。因此要活入，活入者活出。何为活入？有方向，有方法，知道何为入，知道入为何。决不是死入，活入尚且有死者，何况死入！今人与古人之关系，是若即若离，用贾又福先生的话说即是"似即还离"、"似离还即"，不即不离，若即若离。即是入，离是出。

贾又福先生把"入"分为四个阶段：一，顶礼膜拜，恭心以求；二，草堂对话；三，至友对坐，促膝谈心；四，以大智大勇，冲出大师的包围圈。（见贾又福《学习传统》）

这四个阶段，即是"活入""活出"的具体描摹。正是无数次的具体"活入""活出"，一以贯之的具体"活入""活出"，成就了他的"以石观化"。

"最大限度地深入传统"，"最大限度地深入生活"，"最大限度地深入自我"，这便是贾又福先生的努力方向，这三个"最大"，其实是一个，深入传统与深入生活，是为了深入自我。这里回答了一个亘古难题：我是谁？我在哪里？我是谁呢？我是我，我同时也是他，也是你，万事万物无不是我，这也就是古人说的"乾坤万里眼"，我是当下，我是过去，我是未来，这也就是古人说的"时序百年心"。一颗真心，其实是涵容全部时空的。这也便是贾又福先生说的"希贤、希圣、希今古，无我、无人、无主奴"，都是在说我与无我是一回事。我在哪里呢？我在全部时空里，我在万事万物里，因此我也即是全部时空，我也即是万事万物。因此古人那里有我，现实生活里有我，在哪里都能够找到我，只是有个识与不识。认识的，能找到，不认识的，说不定就会认贼作父。找到我，才能深入自我，才能超越自我。

这是方向，自从定了方向之后，贾又福先生没再犹豫过。

“观”，即是在这明白里观，在这清晰里观。观物观我，观物时亦观我，物我等同。

这里不妨再次引用贾又福先生1995年说的那番话：

> 观山、画山务须心观内照，体悟三种境界：
>
> 苦心、明心、妙心；
>
> 探道、法道、妙道。
>
> 第一层：有心、有为、吃苦、力行；第二层：自由观照，洞穿主客；第三层：得大自在，不必言说。（吾画山三十年始知山外有山、石外有石，全在幡然一悟）

他幡然一悟悟出来的是个什么？山外有山，石外有石，这山外有山、石外有石，其实是我外有我，我在我外。观的是山石，观的也恰是我。

“得大自在，不必言说”，这境界全然在明白里，正因为明白，才无话可说，在这里一翳能蔽天，一尘能覆地，因此片云不挂。

恰如石涛所说，“过关者自知之”。还如良遂禅师说禅：“诸人知处，良遂总知；良遂知处，诸人不知。”诸人不知，所以不说；诸人若知，又不必说。

但贾又福先生又不能不说，因为他是教授，他必须跟学生们说。他只能以自己的作品来说，只能说学生们能明白的，他也极愿意学生们朝着明白的方向。

他给学生们制定了写生提纲：

一、实地境界——观察、感受、动情、寓意，概括为炼精生意。精：事物本体精华。炼：提炼、择选。

二、神遇境界——“意”升华为精神，即更进一步格物、格己，不停留在肤浅之“意”上，上升为文化精神，概括为炼意凝神。

三、虚空境界——精神流美不固止，流向无尽无边，心象包容虚空的境界。概括为令神向虚。

四、抱一境界——精神流美，总万归一，合于大道，和谐圆通。概括为令虚合道。

——1991年《写生总结》

这是方向，且是深入的方向，他说了不一定所有的学生都明白，但他不得不说。他必须把他的明晰告诉给学生们，告诉他们绘画的目的不是绘画本身，而是“和谐圆通”，“合于大道”。

为了说明白，他不得不再三说，不得不掰开揉碎了说，告诉学生们写生时在具体操作上怎样遵循那四个层次，一是将景物拉近，“至于心灵空间，通过心灵观照”，找出与自己生命相契合的点。再是把保留下来的东西，进一步拉近，“通过情感和蒙养的加温”，使之“个性化、情绪化、智慧化、意志化、理想化”。景物由此而变，形而下变为形而上，由物质而精神，他物成己。然后再推远，如镜头推移，使之归元，与大自然成为一体。之后再推远，“假想这些景物是宇宙、虚空中的活跃着的生命形象”，这生命形象，乃我赋予，因此他便成为我，我也成为他，小我成为大我，有限成为无限。

这是说的，更有做的，他每次进山都带学生，每次都现身说法，由一石一岩写生留迹，到最后生发为“观化”之作，让学生们领悟当中的发酵过程。

写生的时候，应该有一种虔诚的心态，一种问心无愧的心态，一种珍惜自己艺术生命，珍惜每一笔感情的心态。每一笔都是我的感情，我的心血，不能随随便便，潦潦草草，几下完事。假如带你们下去写生，我会跟你们一起画。咱们比赛一下，我看这座山是我的老师，你看这座山是你的朋友，他看是一个一见钟情的恋人，物我之间构成难舍难分的情感，比赛着看谁画得有深度，看看谁画得好。……假如我们对所画的景物不是充满感情的话，怎么能把它画得很精彩？打个比方，当你喜爱一个人的时候，你会发现很多别人发现不了的可爱之处，画画也是这样。

——2001年《理想的写生境界》

这就是清晰了方向之后的具体观法，不是眼观，是心观，不是观看，是观照，是活入活出，活出活入，由生命出发，还归为生命。山水乃死物，有此一观法，山水即成活物。其实山水从来不是死物，但山水本然的生命，还不是艺术生命，艺术生命是画家赋予的，画家赋予了山水灵性，此灵性反过来又滋养了画家。

关于写生，贾又福先生用心很多，不是对自己用心，是对学生们用心。无论是新生入学、研究生开班，还是给学生上课、与学生谈话，屡屡谈到写生，对症下药，应机说法，深说浅说，长说短说，或耳提面命，或循循善诱，倾心倾意为的是让学生们明白艺术的真谛。

因此，他告诫学生们速写秘诀，“画速写是‘招财进宝’”，写生的过程是涵养自己的过程，不是支出，是收入，大自然宝藏万千，不是把自己仅有的一点小招数使尽，而是须舍得真实饵，钓得明月归。贾又福先生说：

> 写生就是写得生命在，是要命的事。欲索得客观对象的生命，需投入作者主观的生命。
>
> ——2001年《关于速写》

"是要命的事"，此话真透底。要谁的命？山水以我之命为命，我以山水之命为命，是互相要，相互给。你不给它，它不给你。你给它，它给你。你彻底给它，它彻底给你。你把自己投进去，它把自己献出来，是个舍和得的关系。

每每读贾又福先生，我就十分感念，这样的苦口婆心，他成就的是谁呢？到底有多少学生真正懂了老师的一片苦心呢？我倒觉得这不重要，至少他成就了自己，他尊重的是自己，他尽的是自己的真诚之责，"教不严，师之惰"，他不能惰，也不敢惰。他成就了自己也就成就了全部，有他的画与话在，早晚有人懂得，就像他现在懂得宗炳，懂得龚半千，懂得石涛，等等。好多的是对面不相逢，也有好多的是千年等一回、万里一招手。

他就这样，几十年来，在方向里走着，因心中有司南，所以少有弯路。即便有，也是"随迷随觉"。

直到70岁，从艺50周年，贾又福先生以自身实践，说出这样一段话。

> 我敢于自信的是，我笔下的太行一山一石，是大山与我心智的浑铸，是巨

石与我神会的结晶，是我灵魂的化石，并以此化石会通万化——我谓之以石观化。

——2008年《从艺五十周年》

我与天地浑然，天地与我为一。这种实现是目标的实现。他实现了么？我敢肯定的是，在理上他早就实现了，在事上他正在实现中，为什么这么说？就因为他在明白里。

标志二：宁静

"以石观化"，根本在"化"，"化"的效果之一是光明。"观化山水"中异常明显的表达或者说呈现是光，青、黄、赤、白无不是光，没有黑色，黑色也是光，是光的另一种表现，是光的更深层的烛照。关于光，上一章已经说过，此处不再赘述。我想说的是，这光也是由"观"而得。山水有光么？山水无光，但人的心灵有光，心灵有光，山水也就有了光。人的心灵无光，山水即便有光也无从显现。

光从何来？光乃心灵所化。心灵因何能化光？这得问佛陀。佛陀乃"光明无量，照十方国无所障碍"，只因心地无染，无染乃净，净乃明。佛陀能如此，乃累劫所修；人若如此，即是佛陀。我们暂且做不成佛陀，但知道佛陀的方向。知道了佛陀的方向，也便会学着佛陀的方法。这便是圈定自己、归敛自己、澄净自己、诚敬自己。所有知道方向的人如是，画家亦如是。

贾又福先生是知道方向的人之一，他深深知道心地光明的重要。所谓"以石观化"，别说"化"了，凭什么你能"观"？"观"不是一个词汇，"观"是行为，"观"得有效果。不是到山上写两次生就是"观"

了，肉眼所见不过肤表，心观灵照方能见真。心灵所照，乃光明所施。关键是光怎么来？人心本是发光体，如灵明不昧之珠，为什么不能发光了呢？不是不能发光，是光被尘浊所掩，就如乌云遮日。若想光明显耀，就得清除芜杂，涤除污秽。

污秽怎么来？因烦恼来。烦恼怎么来？因欲望来。欲望与烦恼成正比。欲望使人把目标当成了自己，为了欲望而忘失自己，就如鱼上钩。欲望使人目光短浅、心地狭隘，由此患得患失，失了就失魂落魄，得了就得意忘形。失魂落魄得灾，得意忘形招祸。由灾由祸，心神不宁，心虚鬼侵，妄念生邪：妒恨心、攀比心，甚至杀心，此起彼伏。还是佛家说得透彻：所有这些，无过贪、嗔、痴。由愚痴而生贪婪，由贪婪而生嗔恨，由嗔恨转增愚痴，三毒缠绕，如烟似雾，怎么会有光明？如孔子说弟子申枨："枨也欲，焉得刚？"

光明怎么来？光明靠澄澈而来。澄澈怎么来？澄澈靠减少贪欲而来。怎么能减少贪欲？这须在明白方向之后。没有方向的欲望，不过是庸常之辈的患得患失，有了方向的欲望，就不是欲望了，而是成为理想。理想与欲望的区别除了方向之外，还有个区别，这便是，理想不是靠欲望实现的，理想是靠真正用心来实现的，它不是争来的抢来的，不是喧嚣的产物，也不是拼命的结果，而恰恰是平心静气、守一不移的结果，虽有"一山放过一山拦"的曲折，却仍不变宁静而前行的恒常之心。所有江河，不避曲折，远朝大海，就是在说这件事。正因为远朝大海，方向明确，才有水流随曲就弯的从容。

若想达到远处，就得归纳自己，就如江河有堤坝；若想达到理想，就得归敛自己，减少欲望祛除芜杂，使自己的心宁静起来。

人因欲望炽烈而忘失自己，一个连自己都可以忽略的人，怎知宁静为何物？所谓归敛，是归敛到自己这儿，而不是归敛到别处，更不是归敛到鬼窟狼穴。首先要知道有个自己，这个自己在欲望后面，不喜出头露面。你喊他他不出来，诱他他不出来，尊他他才出来。

我们已经知道，贾又福先生对太行的态度，他是以朝拜之心面对大山。其实态度不是凭空来的，不见山之雄浑，不见山之肃穆，不见山之尊严，也生不起朝觐之念，更行不起顶礼之实。对山水的态度，恰是对自己的态度，山水不过是折射。这就是自尊，自尊而尊人，自尊而尊物。不自尊的人不可能尊人，更不可能尊物。

自尊，尊什么？尊的是自己的一颗心，什么样的心值得尊呢？定然是高贵。什么样的心高贵呢？干净。怎么样能使心灵干净呢？那就是宁静。怎么能使心宁静呢？即是恭敬。这与五行相生一样，是个一圈，相互循环、相互递进的一个圈。因此尊在先，别说绘画，只说做人，人也得像人样才行。人样不是别人给的，是自己界定的。自己以为什么样是人样，肯定就怎么做人了。人是分层次的。定位高的人，自然就尊了自己。这一尊自己，人就做成了，人做成之后，事也就做成了。人成事成，你就更加知道尊的能量，你就会进入自觉尊己而自觉尊人、自觉尊物的状态。

画家是以经营心灵为职业的，自尊尊他乃本分事。

尊是做人的基础，也是“观”的基础。

凡是观，皆离不开宁静，如老子所言：“致虚极，守静笃，万物并作，吾以观复”。老子的观即是静观，或说定观。庄子也说：“明于天，通于圣，六通四辟于帝王之德者，其自为也，昧然无不静者矣！圣人之静也，非曰静也善，故静也；万物无足以铙心者，故静也。水静则明烛须眉，平中准，大匠取法焉。水静犹明，而况精神！”庄子的观也是定观。贾又福先生的观，也是定观。

定怎么来？由归纳来，归纳即是佛家所说的“戒”。由戒生定，由定发慧。慧是明，明才能观。说定说明都是在说心。“以石观化”的“观”，是心观，以智慧为眼目。

贾又福先生的“观化山水”，即是削减欲望、彰显智慧的结果，是清净心灵的自然生发，站在“观化山水”面前，喧嚣会渐渐伏偃，清净会慢慢生起，人与画会有相互融入之感，这便是无欲之境。况贾又福先生还专门画了一巨幅山水，直接命名:“无欲之门”，并题之曰：

大岳风高而近圣，壁立无欲而通德。默于言而慎于行，能容，能大，能刚，能朴。盖能入此无欲之门者，正其身而诚其意，虽敛之又敛，其气象正大，神采光明。故世有“地狱之门”之说，余有“无欲之门”之谓。若皆无欲，何缘地狱？是故无欲者，无狱也。或曰：无欲之门者，乃无地狱之门也。

正可谓光中无暗，暗里无光。“欲”恰是“狱”之根也，清净即是佛，烦恼即是众生。佛与众生，是一不是二，盖在心灵转化。被欲望所牵，乃朝向地狱；被宁静所引，即归向清明。“一等没弦琴，惟师弹得妙”（庞蕴居士说马祖），贾又福先生此画，将“观化山水”所奉圭臬显露无遗。

若说宁静，贾又福先生最懂得。他是一直把自己安置在宁静里。他性格沉稳，不事张扬，总是默默自守。没有成名之前如是，成名之后仍如是。“万物无足以铙心者”，他是先守住了自己的心。这也是他

能够提出“以石观化”的基础，因为他早就意识到，“静坐五百罗汉的内含力量是未知的无穷的”。（见贾又福《与学生谈话》）

他很早就懂得内守的重要。

当他有了“以石观化”的理念之后，像是聚焦一样，他就更自觉地归纳自己了。

他深深知道“文思以成画思，人品造就画品”，因此他提出“定、静、思之后得，得苦，得乐，须坚持十年后见分晓”（见贾又福2000年《随想随记》）。现在已经过了14年，当然已经见分晓，但他的“定、静、思”不是在坚持，而是更自觉了，已经是“非曰静”，“故静也”了，也是非曰思而思了。

他屡屡跟学生们说，“需要有一点孤独感”。

积极地对待自我在人际社会中所感到的孤独、冷漠，自然会带着此种心态去和大自然对话。而且，孤独精神乃是摆脱一时风靡、摆脱一切依傍的强大推动力。当你不得人青眼相看的时候，不应颓唐，须认识到人生和艺术的道路上，断绝一切企望恩赐，去掉一切侥幸心理，对于你投身的艺术来说，什么人都不能依靠，只有靠自己。“绝望”使你躺下来深思，思索你如何以自身的赤诚和热血迎接艺术之神的降临，思索你如何对付一切挑战，思索你的生命价值以怎样与众不同的创举得以体现。“曲高和寡”即有点孤独情味。历来的大诗人、大文豪、大艺术家不可能出尽风头。随遇而安，门前冷落，对艺术是大好事。

——1999年《需要有一点孤独感》

这是他的真心感受。1999年，他已经“风靡”过了，无论“青眼”还是“白眼”，他都见识过了，正是“忙趁东风放纸鸢”时刻，他若想飘起来，容易得很。一个《太行丰碑》，再添几个小打小闹，接着炒作一番，自封个“太行之王”之类，跟着热闹的社会热闹一番，不也很自然？他不。为什么不？因为他有方向。

他再三告诫自己，“不和别人攀比”，“要保持一颗心静的心”。但想定静下来并不容易。

都说“宁静致远”，但近处就在身边，各种诱惑，各种说法摆弄你。你想安静，说你假清高；名气大了，变得狂了，说你架子大，不近人情，说你是大爷，请不动。恶意诋毁，都可能有。我从不解释，只给人家道歉，但绝不动心，不动念，不争，不贪，不比，不讨论，不解释。

——2001年《定静下来》

他还常用苏东坡“八风吹不动”的故事来警醒自己。苏东坡与僧人佛印是好友，苏东坡以为自己已经定静到一定程度，遂作诗曰：“稽首天中天，毫光照大千，八风吹不动，端坐紫金莲”。佛印见了，在上面批了两个字：“放屁！”苏东坡一见，马上过江来与佛印理论。佛印笑道：“八风吹不动，一屁过江来”。贾又福先生生怕自己也成为苏东坡，赢在理上，输在事上。

因此，他也常常引用古大德的话，“清珠下于浊水，浊水不得不清；念佛投于乱心，乱心不得不佛。”在贾先生那里，从来即是“几度黑风翻大海，未曾闻到钓舟倾”。

为什么能做到这样，因为他深知中国画的内涵是为了心灵的净化。

中国画尚闲、尚静，是美学品评标准之一则，更重要的是标举这种清净的精神状态，不争、不随、无欲、无邪的一种定静状态，乃是以禅学借喻而发明于画境也。如借归宗芝庵主偈:“千峰顶上一间屋，老僧半间云半间。昨夜云随风雨去，到头不似老僧闲。”故能胜过闲云野鹤，不随风雨、不逐波逐流，与苏东坡之“八风吹不动”可以通观。

尚朴、尚默与之息息相关。如云楼禅师偈云:“不音之音，乃为至音，沉沉寂寂，吼动乾坤；无叩而鸣，古人所箴，学道之士，默以养真。”又云:“不巧之巧，名曰极巧，一事无能，万法俱了；露才扬己，古人所少，学道之士，朴以自保。”以此种状态，在穷究大自然的同时，穷究自己的内心世界，在尊重大自然客观对象之时，又尊重自己的精神境界，不至偏废。

——1993年《定静的心态有利艺术》

去了嘈杂，得了干净，赢了宁静，这就是自尊了。带着这样的尊严上山，带着这样的尊严作画，照见的是什么？自然是著花之第光灿灿，乘云之龙意闲闲。贾又福先生是以这样的定静之心来观太行。

“观心”（修炼一颗妙心）与“心观”（用安静、智慧的一颗妙心去观照万物与自我）。

(1)“观心”，修炼一颗明澄透彻的心，古人说“澄怀”才可以“观道”，即此意。

静心内照，曰“内观”。最易理解的是淡泊，去杂念，无争、无为，去掉一切淤塞，才有智慧的住所。

……

我们画画去掉一般常规的、僵化的、偏执的、顽固的成见成法。“破执者悟，返法者迷”。随迷随觉，永远认为自己觉悟得不够，总有摆脱迷惑的欲望，这就是心性的修炼。

这个安静的心态是众妙的发祥地——“妙心”。

(2)用这颗安静、智慧的妙心去观照万事万物和自我叫“心观”。它空而灵，虚而妙，非常敏锐，有穿透力。

眼看为“观”，心镜为“照”。所谓“照见”万事万物的真面目。这个

"真"是真切的真，真挚的真，真善美的真。是真性情、真慧识、真感受。不是客观真实的真，是精神层面的内涵。

在艺术创作过程中，是崇高的精神为主导，所以"心观"特别强调心灵的光，而把视觉、直觉放在辅助仆从地位，但是绝不是不要直觉，不要眼看。是认为眼睛观看远远不够，而以"心观"心灵的察照，才能一了千明。从而使物质层面上升到精神层面，面对大自然和社会生活，才不至于照相式地如实摄取。

——1997年《观照方式一议》

贾又福先生说得太透彻了，即使仅此一篇文章，也足以点亮画坛之烛。特别是那句"随迷随觉"，让我咀嚼再三，心生赞叹。这是一种自觉的状态，也是一种活的状态，应属灵明不昧，当归处染不染。迷容易，觉不容易。不怕迷，只怕不觉，"觉迷迷灭"，光明即在。还有那句"一了千明"，也特令人神往。千明只在一了，即佛家所说："一灯能除千年暗，一智能灭万年愚"。抓住了心，即抓住了本质。

当贾又福先生进入到内观的自觉状态，而且颇有所得之时，他愿意将自己的感悟与人分享。他写了《观照方式一议》之后，意犹未尽，随后又有《万物静观皆自得》，其中的一个概念就是画家也同菩萨，须有"难舍能舍，难行能行"之精神，苦修苦练之行动。此"苦修苦练"，却也是菩萨的苦修苦练，是般若智慧的有眼目的心灵历练。

"静观"首先是内观，所谓"澄怀观道"。不"澄怀"，心中不净，不排除杂念、妄念，心中不明洁。胸怀要明净透彻，就要空，空掉一切成见、成法，然后才有可能有效地观照。但悟到了的，又不能僵化静止，要不断地空，不断地悟，更新变化，层出不穷。听来不难明白，但有些人一辈子也做不到，因为做起来很难、很苦。不然为什么要积劫苦修，历尽艰难方成菩萨呢。

……当太行石壁矗立在我面前，我是用全部身心，用眼耳鼻舌身意去接触，去观照的。……你也许看到它相貌堂堂，威风凛凛，这还太表面，于是，你有听到它与狂风搏斗的呼喊声，也许它要腾空而起，扶摇天宇，不，分明是你依偎在它的怀抱，感到它那特殊的呼吸。你觉得有了依靠，你的手触摸到豪侠志士的铮铮硬骨，你意识到它那坚强不屈的崇高灵魂的固体存在，这时，你才获得了那种特有的精神。这精神，闪烁着古代文明和现代文明精神，以及画家你此时此刻的精神光芒，它们之间的精神感应活动——这也便是“静观”之真意，令人心神向往。

一切语言皆是障碍，贾又福先生却在这言语里尽透真谛。

这也便是贾又福先生说的“要命”，我把生命给它了，它就活了。我活它活，我死它死，它与我是一体。

为了得到与保持静观，深化静观，使静观与自我浑化，做到明镜以不照为照，几十年来，他一直归纳着自己，如夜鼠一样时时警醒，不敢有半点差池。尤重己灵，在尊重自己的同时一点点实现自己。

标志三：宏阔

老子说道：“寂兮寥兮，独立而不改，周行而不殆，可以为天地母。吾不知其名，强字之曰：道，强为之名曰：大。大曰逝，逝曰远，远曰反。”这是大的概念，大到无极，远到无际，却又“曰反”，即是从微细里说，在“小”里也一样无穷大。贾又福先生之所以看中了石头，之所以不再着眼于山体附表上的屋宇、树木、花草、云霭、瀑布等等，也不着眼于皴法，或者还有笔墨等等，是因为他超越了这些东西。不是这些东西不重要，是因为有比它们更重要的东西。他发现了无穷大。在他那里，早已是“一山一石一世界”，因此，你看贾先生的“观化山水”，决然说不出这是画的哪里，虽名之曰太行山，但却不是太行山，太行山只是个指说。没有地理标志。更不会在上面画上高压线等等表示时代的东西，也没有时间标志，有的只是心灵标志。

太行大么？也大也不大，看谁看，看从哪个角度看。在贾又福先生眼里，太行山的一块石头，即已经是宇宙全部，贾又福先生以此观之，即可见真心本际。

因此他的“观”，是宏观，也是微观。如他所说，“宏观探道，微观探真”。“真”也恰是大。他所说的“苦心、明心、妙心；探道、法道、妙道”，其实也是在说大。而“大象无形”、“大音希声”，实不可说，只好以画强说之。

他曾经这样说：

> 我有两句话：“天地人才问圆满，诗书画品觅无量。”就是想明白自然、社会与人相和谐的道理，以便追求文化艺术无限的精神境界。
>
> ——1999年《我探索的脚步》

问的是“圆满”，觅的是“无量”，“妙在和光同尘，事须钩深入神”（黄庭坚语），贾又福先生深知，绘画妙在大处，不能小家子气。物无大小，有大小的是心。心无大小，有大小的是分别。是我们的认识局限，是我们的自我圈囿，把本来大的东西弄小了的。因此要破，把原有的横亘在心中的圩障，把多年来自己积极建构起来的某些曾经视为金科玉律、现在看来却成阻碍的东西，一一破除，不然肯定会一叶障目。只有打破这些，心目才能清亮起来，只有清亮的心目，才能“观”到事物的本来。

也正在这样的思想基础上，他才提出了“三个最大”。后来他这样解释这“三个最大”。

最大限度地深入生活，才能最大限度地远离生活、高于生活——远离不是脱离，是超越；最大限度地深入传统，才能最大限度地跳出传统、发展传统——跳出不是背叛，是血脉和精神的延嗣；最大限度地深入自我，才能最大限度地走出自我、完善自我——走出不是自弃，是新我的觉醒。

——1997年《艺术小结》

像一匹即将奔驰的马那样，他是在挣脱羁绊，挣脱羁绊的最好办法，是把死结解开。这是非常理性的方法，也是非常智慧的方法。找结是为了解，进去是为了出来。

贾又福先生的宏阔，不是画几张大画，也不是在画面上表现出宏大的主题，那些还都属于两张皮的东西，是外在的大，不是本然的大；是相对的大，不是绝对的大。他所要的是“道心”、“妙心”，是湛然无极之本我面目，是“大曰反”那样的大，是没有大小的大。

由此他的宏阔，不是在一时一事，不是权宜之计，而是整个跳出来，对自我对事业有一个自觉的观照。早在1991年，他就确立了自己的艺术思想，是“立足东方，立足时代”“立足变法”“贵在无尽观”“贵在精神感应”和“崇高的审美理想”，准备“旷劫精勤，难行能行，难忍能忍，历劫苦修”，“以精神景观奉献社会”，从而达到“超越时空、外观内照，无古今中外之局限，无边无际，无量无尽”之境界。（见贾又福《我的艺术思想脉络提纲》）

真的是“道眼观天地，妙心通古今”（贾又福语），通过这提纲，即可看出他艺术上的宏图大略。他要做一个画坛上的觉悟者，他要以

云锦天章图　1993 年

吾画山水三十年，始知山外有山，石外有石，山石之外物皆能有山名。悟得自己心中山名，乃是真山真石。此中三昧过关者知之。又福

大岳奇观　1996 年

大抵画中之声，或墨风吹雨，或悲秋摇树，流水湍急，飞泉散珠，以发声景求其声，难得高拔，固于无声处求其声，乃妙矣。又福

大岳回声图　1997 年

秋之锦　高山彩云　2002 年

自己的艺术实践，证明给人看，何为心灵展示，何为大的实现。

天地浑然我浑然，佛陀觉悟我觉悟，是这样大的一个总体指引。

他的“观”，人生观、艺术观，是建立在这样宏大的基础上的。

> 我胆敢提出“以石观化”的艺术主张，其根源在于数十年与大山巨石的坦诚对语和精神交流。渐悟到观照大山巨石，可通观万化，笔下的山石亦可汇通社会、历史、人生、万事万物。欲令山水画具备哲学内涵与道德意识和人民性、民族性，与人们崇高理想之追求、生活环境之改善密切联系起来，审美理想与人生价值联系起来，并在我的艺术实践中实实在在地体现出来。
>
> ——这，便是我“以石观化”之全部愿望，也是我对“以石观化”的全部寄托。
>
> ——2012年《大道之行　以石观化·引言》

因此在一块石头上，他也可以建立起整个世界。

在一块石头上，他也可以探测出宇宙间无限的秘密。

在一块石头上，他也可以放出无数的光芒。

这是他的“石头记”，其中所演绎出来的层次与曹雪芹的《石头记》一样深邃和玄妙。

由此再来读他的《云锦天章》《大岳浑成图》《洗礼》《大音希声》《穿破固垒》《圣殿之诗》《抚琴欲令众山响》《烁梦》《无欲之门》，等等的“观化山水”力作，就更加明了了他要表达他要呈现的是什么。他说：“我画山水务于高深，高、大、深。”

这样的作品，已经不是思量之作，它们是心灵的现量流露，是“大”之端倪，是不可言说的言说，是无量无边的有量指向，是禅师竖起的那根拄杖，是佛陀拈起的那枝金菠罗。

所以，贾又福先生有“暗构成”，有山外之山之真山，有石外之石之真石。

正是宏阔之观，而得观之宏阔，他的观是没有立场的，没有站脚点的，是全方位、全视角、全息的，是刨除自小我之后的大我观览。是无处有我，又无处无我的一种物我合一的浑化状态。此之谓大观，即心观。

行文至此，愈发感到我的愚笨，曰“清晰”，曰“宁静”，曰“宏阔”，清晰后面的深邃呢？宁静后面的澄澈呢？宏阔后面的玄妙呢？越划分越不全面，如中医分科，早失面目；如倏忽凿窍，顿坏浑沌。若想说清楚贾又福先生，其实根本用不着我，他的画一直在说。我之所做，不过是竖指向上，让人知道前溪后溪里的那轮月，其实是在天上。

第三章

以石观化的『石』与笔墨支持

石乃山之心

“以石观化”，能观者是心，所观者是石，正是心与石的浑化，贾又福先生才独步丹霄，创作出了大气磅礴的带有贾氏强烈独特色彩的“观化山水”。为什么贾又福先生选择了石，而不是其他？

自古以来，画太行的画家不乏其人，其中最著名者当属五代时期的荆浩了。荆浩在太行隐居多年，太行的雄浑气象必然化为浩然胸次，他的弟子关仝，后来的李成、范宽等，与荆浩并称北方山水画派代表人物，他们所画的不一定就是太行，但其北方山水的雄阔气象，与“一天一地一圣人”的孤傲精神是一脉相承的。这些人都是画北方山水而成就的，如今，贾又福先生也来画北方山水，且画的是太行。画太行不重要，怎么画才重要。当然不能步履前尘，若这样是必死之法。他之所以屡屡告诫学生们的勿做扑火飞蛾，正是他自己的真切之悟。因此，“君往西秦，我之东鲁”，他必须另辟蹊径，静悄悄地走一条完全属于自己的路。

艺术是创作，因循即错，走自己的路是一条基本道理，没有谁不知道。但知道是一回事，落到实处却是另一回事。理和事之间的距离有时阔若天壤。

太行山是个具体的存在，贾又福先生选择太行，不如说是遇到了太行，遇到的才是最好的。其实对于一个画家来说，用不着选择描绘对象，成就不成就，不在于对象，而在于自己。齐白石画苍鹰，也画苍蝇，不是在苍鹰与苍蝇上分，是在是不是齐白石上分。

贾又福先生遇到了太行，太行的雄浑、苍古，淋漓大气，直可上诉真宰，这正合贾先生心印，因此一见倾心。由此他恒心立定，要"择一而从"。他的《太行丰碑》及《太行铁壁》等"观化山水"初期作品，实在是他与太行定终身的一个信物。从此之后，如果他继续画类似于《太行丰碑》的东西，也无不可。但这尚不是真正的他，就像定情戒指不能代替婚姻一样，他的心灵盛宴应该在另一种圣境里。

我不知道他是怎么发现石头的，但我肯定，他定然是经过了无数的探寻，无数次的写生，无数次的习作，都是在探寻，在叩问，在追索，觉得好像是，但又到底不是。是，是在什么地方？不是，为什么不是？他须反复追问，反复探查，反复印证。他是在建设，但建设中有犹疑，即便是在众人的称扬声中，他也没有肯定自己。《太行丰碑》这样的作品，丰碑不假，但碑只是路途上的一个标志，若是当成目的肯定就错了。他要找一个真正自己的东西，《太行丰碑》这里已经有方向，但是却朦胧。这犹疑中的前进是最痛苦的，但也是最引人入胜的。这中间肯定有像杜鹃啼血那样的艰辛，也会有"踏花归来马蹄香"那样的惬意，但惬意只能是一霎，而艰辛则是随时。

到底功不唐捐，最后他发现了石头，石头好像是大山的最基本单位，如人之细胞。但正是在这个最基本的单位里，他发现了其中的大千世界。

如果说树木花草是山之皮肤、云、岚、雾、霭是山之衣服，瀑、溪、涧、泉、潭、河是山之血脉，土、坡、坎、丘、峡、峪、陵是山之身，巉岩、孤峰、悬崖、绝壁是山之骨，那么石头是山之心。怎么知道石是山之心？知之者自知之。

知之者通过什么方式知道？用不着说，“好山万皱无人见，都被斜阳拈出来”。真的用不着说，他是触摸到，是感受到，是石头自己诉说。

当你认识到大山巨石的内在含量和巨大的张力的时候，你就会特别注意，处处都是由内向外膨胀而不是收缩，要深度不要肤浅。尤其是向我们迎面顶来的大凸起，真是大块文章，不由得瞠目震惊，有了这种感悟，我们表现大山的时候，着眼点就不会只偏重轮廓变化，而忽略难于表现的深度和内在力量。

——2001年《提高认识》

吾于太行山野，长坪大坡之上，见赤岩如血，磐石峥嵘，似猛士之肝胆相照，搏大风而怒号，犹闻燕赵慷慨悲歌，感天动地不能忘怀。

——1986年题《大野疾风》

这是石头在说话，甚至有点摇唇鼓舌之态。它在告诉，真山石是个什么存在。

其实石头时时在说，以它自己的方式诉说，只是如俞伯牙与钟子期，只有知音能够会心。诉说只是一种，大山每时每刻都在以种种方式来启示、点拨，可惜好多人不识。如黄山谷说荆浩、关仝：“高明治远，然后能见山见水。”安国慧球禅师这样说：

若从文殊门入者，一切无为、土木瓦砾，助汝发机；若从观音门入者，一切音响、虾蟆蚯蚓，助汝发机；若从普贤门入者，不动步而到。

这是在说禅，但也旁通别的事。不是不说，是听不到；不是不显，是见不到；不是不在，是摸不到；不是不行，是想不到。直直地被耳瞒，被眼瞒，被身瞒，被心瞒。由此贾又福先生反复让学生们学习理论，“提高认识”，“认识”最重要，你在什么层次，只能认识到此层次。高层次的能认识低层次的，低层次的决认识不到高层次的。不认不识，必然会当面错过。

因此贾又福先生告诫他的学生们，“一进山就要打开心灵的开关，用眼睛看是观察，用心灵看是观照。照的是它的精神，照的是它的灵魂，不仅仅是它的外观”。（见贾又福《写生之前的观照》）

怎么样从眼看变为心观？还是态度问题。态度能改变人，也能改变事物。谦卦六爻皆吉，恭慎乃人生底色。因此须用虔敬，由敬而静，由静而净。净才能照。如贾又福先生所说，“是要命的”，以命换命，我予大山以命，大山予我以命，两命融为一命，两心并为一心，自然彼此相知。

所谓“要命”的说法，是虔敬态度的一个极致，像佛陀以身饲虎那样，全舍全离。舍弃的是什么呢？其实是我们的贪婪心、傲慢心、犹疑心、妄想心。

贾又福先生多年苦学厚积，直至修炼到手把七星剑，胸藏六朝诗，目的是为了提高认识，拥有自己的眼，自己的耳，自己的心。

“以心观物，物无大小”，他与山石相应，也是“山川与予神遇而迹化也”。我现在开始猜想，当他发现大山之心的那一刻，他会是多么激动，是不是手之舞之，足之蹈之？也许并不，反而更宁静，他要慢慢体味、思摸，要在这里头融化，让内心的喜悦一点一点漾开，像慢镜头下的莲花，绽开来再绽开来。似乎有点像禅人开悟，只有自己在明白里。自此之后，他有了自己的世界，他就在自己的世界里立足，他就在自己的世界里生长自己，他可以像孔雀那样尽展美丽，也可以像棕熊那样蹲踞自守，总之他自由了，或者说由自了。寻找了多少年，研究了多少年，探索了多少年，终于发现自己在哪，当发现了自己在哪，同时也就发现，自己与根据地是一个，根据地与世界也是一个，自己恰是宇宙的核心。这样一来，剩下来的事就简单了，无论他怎么走，无论向东还是向西，无论是跳跃还是徜徉，他都是在从自己到自己。

在贾又福先生的观照下，且看山石里都有什么？

山水画家面对大自然，令你产生创作欲望的，是你发现了前人还没有揭示出来的那一面，它既属于大自然本身，又属于你认识的升华、慧心的妙悟。它是你心中的大自然，你能悟到它的形象和精神，但又不能用文字语言表达，借助你的画笔，可以显现得较为真切。……拿我来说，太行山似乎永远是迷人的未知的世界。单是对太行山石的艺术思考便无穷无尽。

——1991年《破执者悟，返法者迷》

观照山石，微观血肉，宏观气概，血肉健，气概雄，神奇足，思飞扬。

——2000年《研究山石》

山水之气象是一团运行变化的气，这团气只可感悟不可捉摸。

……

在心灵时空漫游，如美好的醒时之梦，不是物质时空，心灵时空才是真正的超越时空，不受时间空间的限制。

——1997年《两点思考》

我个人探索，可以说是艰难地摸着石头前行。把主要精神投向石头，心与石通，石与万物通，以石观化，我相信法与道合，顽石就会点头。石头能歌，能吼，能慕，能诉，方有可能更充实，更博大，更深沉，更严密，更强烈，更含蓄……富具象而不失抽象，以“放心”（放松、自然，放弃杂念，无所旁顾）求“神赐”（精神畅游）。

——2000年《与进修生谈话摘录》

①突破可游可居、树、石、屋宇、舟车、瀑布一应俱全的物质景观，确立“以石观化”、大化的意识，确立山水观、无尽观、精神景观”。②突破清雅把玩的文人习俗，即“逸气格辙”。③突破诗画一体的抒情的一般情韵，上升到人文哲思、寓情感于哲学的层面。④突破地域性、确立超越意识，从走入太行到走出太行。⑤突破偏执民族性、确立世界共鸣的东西方交融的宇宙意识。

——2003年《关于我个人的山水画创作》

从走入太行到走出太行，从石头里看到了石头外，石头外也全在石头里，四维上下，十世古今，概莫能外。如雪峰义存禅师所说：“尽大地撮来如粟米粒大。”既然是概莫能外，因此是括囊，大包大揽，所以大象无形。既是大象无形，所以无舟车屋宇等，不是无舟车屋宇，是舟车屋宇渺如微尘。这便是贾又福先生心目里的石头，或者说石头里的心目。

所谓“以石观化”，石头依然是石头，但在贾又福先生的心里已经“化”开、“化”尽，其实这“化”尽处恰是无尽，如铁水般流淌，就像庖丁眼里无全牛那样，看到的只是肯綮之处的缝隙。缝隙虽小，却也能容三千大千世界。

这便是贾又福先生眼里的山石。他之所以钟情于它，全是因为这个。他以石头为世界，石头以他为生命，因此“能歌，能吼，能慕，能诉”，山石与他，已经是一不是二。

山伯对语图　2008 年

古人山石画法

中国画，尤其是中国山水画，从来有着很深的匿藏，藏什么？藏生命，藏情感，藏哲思，藏心灵，藏不可对人道者。人有多复杂，人的心灵有多深奥，山水画就有多玄妙。“玄之又玄，众妙之门”，若是不玄，何藏众妙？所谓玄者，乃深、大之谓，不可量度。只有深沟大壑、重重颠连的无尽关山或可拟之。

为了能达玄妙，历代画家想尽了办法。也许只有中华古国，才多玄思妙想，有种种发明。先是以錾击石、以刀刻竹，采取硬碰硬的方法镌刻文字或凿摹画图。后来竟然发明了毛笔。毛笔是软的，纸也是软的，墨也是软的，竟是在软与软的相容、相助、相依、相生中，得大玄妙。惟软能生变化，“惟笔软则奇怪生焉”（蔡邕语），生奇生怪，生玄生妙，此全在柔软处。老子执柔，说“上善若水”，水居低向远，“善利万物而不争”，由此乃有浩淼气象。人，“专气致柔”，呼吸吐纳，回归到婴儿状态，且柔且软，大道低回，由无为而达到无不为，成为餐风饮露、不食五谷的神仙。诸佛菩萨，更是以慈悲心建立世界，所秉承的是柔软的极致。看来，世界真的如一株花，必须栽在柔和松软的水土中，才能繁茂。

艺术呢？艺术是心灵的直接产物，应该最贴近柔软，最具慈悲力量，只有柔软能够亲和柔软，只有柔软能够化解强悍。所以“金刚怒目以降伏四魔，菩萨低眉以慈悲六道”，怒目的金刚用的也是菩萨心。菩萨的救度，是柔软的救度。艺术其实是具有菩萨的功用的，艺术应该说就是菩萨的化身。他是以线条、色彩和变幻不定的奇巧手段，如图的章法布局、墨的干湿浓淡，色的深浅杂糅等等为展现，以绘画者的心灵参与为契机，来展示美好，表达崇高，提示圣洁，彰显典雅等，以此来与读者心灵沟通，在读者的柔软处栽种真善美的根芽。

因此艺术家，是最具菩萨心性的人。

所谓菩萨心性，是最干净，因最干净而最柔软，因最柔软而最有力量，因最有力量而最有效果。他所救度的是人心。人心也是柔软者最容易得救，若干硬如枯槁，那已经是死心了。死心塌地，谁能救得起？

因此艺术家特别是画家，应具大悲心、大柔软心，因为柔软，才慈悲，因为慈悲才是本心。凡刚硬、强烈、残忍、霸悍、稀松、糊涂、贪婪、嗔恨、愚昧等等，都已经背离自心本我，属于落水者。在深水中漂溺者，自命不保，焉能救人？

古人当然懂得这个。因此古人，不单艺术家，凡是士人，皆具悲悯情怀。读古人诗词看古人行略即知。

古人绘画宗旨，亦是为了“澄怀观道”，所谓的“澄怀观道”，跟“以石观化”一个意思：无非家国情怀。家是心灵之家，国是诚敬之国。

为了能够最本质的表现这个，古人才独辟出了种种的绘画技巧：

笔法：一笔在手，如武士用枪，尽现闪展腾挪手段：扎、刺、缠、拦、拿、扑、点、拨，等等。笔法比枪法还多，分为：中锋、偏锋、藏锋、露锋、逆锋、顺锋……方笔、圆笔、运笔等。运笔与执笔密切相关，执笔中有压、钩、格、抵等。用笔上有提笔、蹲笔、顿笔、抢笔、行笔、挫笔、衄笔、翻笔、绞笔等。

细说其中感觉，有锥画沙、屋漏痕、折钗股，等等。

自古书画同源，此种种用笔，写字绘画都用得上，写字与写意用的是一支笔。各种笔法，真到运用起来，却是难分你我，那是得心应手的一种状态，当行则行，当止则止，当提则提，当按则按。行在止里，止在行时；按在提里，提在按中。中锋偏锋等亦复如是。

皴法：分为披麻皴、乱麻皴、大斧劈皴、小斧劈皴、云头皴、雨点皴、荷叶皴、解索皴、乱柴皴、折带皴、鬼皮皴等。

绘画中还有十八描：高古游丝描、琴弦描、铁线描、混描、曹衣描、钉头鼠尾描、橛头钉描、蚂蝗描、折芦描、橄榄描、枣核描、柳叶描、竹叶描、战笔水纹描、减笔描、枯柴描、蚯蚓描、行云流水描。

荆浩在《笔记法》中这样说：

> 凡笔有四势，谓筋、肉、骨、气。笔绝而不断，谓之筋。起伏成实，谓之肉。生死刚正，谓之骨。迹画不败，谓之气。故知墨大质者，失其体；色微者，败正气；筋死者，无肉；迹断者，无筋；苟媚者，无骨。

种种笔，有种种效果。种种效果，不是为了效果本身，而是为整体意象，所谓意象，即是象中有意。那意，才是画家的本真想法。笔法为了意象，意象借助笔法，二者相辅相成，相宜相得，缺了那一面就没了这一面。因此画家无不重视画法。为了这画法，可谓费尽周折。但就山水画，古人用心多多。凡画论中，几乎都要谈到画法，怎么布局，怎么叫高，怎么叫远，怎么叫有气势，怎么叫繁中有简，怎么叫简中有繁。这里随便引用几家说法，借以窥豹。

宋人郭熙在《林泉高致》中，这样说山水：

山，大物也，其形欲耸拔，欲偃蹇，欲轩豁，欲箕踞，欲盘礴，欲浑厚，欲雄豪，欲精神，欲严重，欲顾盼，欲朝揖，欲上有盖，欲下有乘，欲前有据，欲后有倚，欲上瞰而若临观，欲下游而若指麾，此山之大体也。

水，活物也，其形欲深静，欲柔滑，欲汪洋，欲回环，欲肥腻，欲喷薄，欲激射，欲多泉，欲远流，欲瀑布插天，欲溅扑入地，欲渔钓怡怡，欲草木欣欣，欲挟烟云而秀媚，欲照溪谷而光辉，此水之活体也。

山以水为血脉，以草木为毛发，以烟云为神采，故山得水而活，得草木而华，得烟云而秀媚。水以山为面，以亭榭为眉目，以渔钓为精神，故水得山而媚，得亭榭而明快，得渔钓而旷落，此山水之布置也。

山有高有下，高者血脉在下，其肩股开张，基脚壮厚，峦岫冈势培拥相勾连，映带不绝，此高山也。故如是高山谓之不孤，谓之不仆。下者血脉在上，其颠半落，项领相攀，根基庞大，堆阜臃肿，直下深插，莫测其浅深，此浅山也。故如是浅山谓之不薄，谓之不泄。高山而孤，体干有仆之理，浅山而薄，神气有泄之理，此山水之体裁也。

石者，天地之骨也，骨贵坚深而不浅露。水者，天地之血也，血贵周流而不凝滞。山无烟云，如春无花草。

山无云则不秀，无水则不媚，无道路则不活，无林木则不生，无深远则浅，无平远则近，无高远则下。

郭熙是在说真山水么？不是。真山水就在那儿摆着，用不着他说。他说的是画上的应该的山水，不是自然界里随意的山水。地上山水可以随意，画上山水不可以随意。虽说不随意，却是比随意者还得随意才行。用心用到看不出用心，才是真用心。为什么？就因为画上山水是意中山水，意中山水看的不是山水，而是意。无意山水，不是山水，还不如自然山水。如董其昌所言："以蹊径之奇怪论，则画不如山水。以笔墨之精妙论，则山水决不如画。"所谓笔墨之精妙，指的是能传达意境的笔墨。

宋代李澄叟著有《画山水诀》，他说的极具体：一幅山水画，未画之前，先要"立宾主之位，定远近之势。然后穿凿境物，布置高低。"具体到落墨，过重过轻都不得，"太重则浊而不清"，"太轻则燥涩干枯而不润"，皴染要得中。还有一树一石的布置，"发树枝左长右短，立石势上重下轻。摆树枝且看栽插高低，布石脉要还相偎上下"然后烟霭点缀，林麓铺陈，"路要曲折，山要高昂"，"舍屋不在多间，渔钓有时而作"，等等等等，洋洋千言，细到不能再细。最后他说："旋虚运实，斡重旋轻。不迷颠倒回环，自然游戏三昧。聊陈大概，以备精详，悟理者不在多求，学之者还从规矩。"这李澄叟，真的是不厌其烦，为诸位画家准备了一套技术细则。

李澄叟所言技法，重要么？相当重要。直观说，所有画家都活在技法里，有技法尚且不能，况无技法！所谓法度森严，是指技法说的。但只有技法，决然不是画家，顶多是个画匠。画家与画匠的区别，就在于技法是不是有方向。什么叫有方向？方向的那头是什么？我说不明白，这得石涛说：

夫画，天下变通之大法也，山川形势之精英也，古今造物之陶冶也，阴阳气度之流行也，借笔墨以写天地万物，而陶泳乎我也。今人不明乎此，动则曰：某家皴点，可以立脚。非似某家山水，不能传久。某家清澹，可以立品。非似某家工巧，只足娱人。是我为某家役，非某家为我用也。纵逼似某家，亦食某家残羹耳，于我何有哉！或有谓余曰：某家博我也，某家约我也。我将于何门户，于何阶级，于何比拟，于何效验，于何点染，于何鞟皴，于何形势，能使我即古，而古即我。如是者，知有古而不知有我者也。我之为我，自有我在。古之须眉，不能生在我之面目；古之肺腑，不能安入我之腹肠。我自发我之肺腑，揭我之须眉。纵有时触著某家，是某家就我也，非我故为某家也，天然授之也，我于古何师而不化之有?

——《苦瓜和尚画语录》

关键时候，祭出石涛来，真得受用。

所有的技法，不是为了技法而技法，而是为了目的而设。因此绘画中，一点一划，应如葵藿向日，亦如弱草从风，都得有方向感，正是因为方向而正性命，技法本身无生命，技法以画里的真意思为生命。因此古人说技法，意思恰在技法之外。古人是在已经得意的前提之下，来说技法，其意思就像庄子观鱼，鱼之乐乃我之乐。笔墨之为笔墨，就在于笔墨不是笔墨本身，笔墨若在笔墨本身，反而不是笔墨。

所以意存笔先，笔周意内，画尽意在，像应神全。夫内自足，然后神闲意定；神闲意定，则思不竭而笔不困也。

——郭若虚《图画见闻志》

正是为了这不是笔墨，才有了诸多的笔墨。就像为达彼岸，或乘舟楫，或度桥梁。

过河者登岸弃舟，绘画者得意忘象。绘画者虽然忘象，但画面上却全是象。虽然全是象，却又不着象，此乃真画家也。

不但绘画者如此，读画者也如此。好画须遇到好读者，若遇不到好读者，那画就委屈了。真有好画毁在了不懂画的人手里，说这些黑墨团团，有啥看头，遂塞进灶膛，做引火用了。好读者看的是墨团背后的东西。

因此画之笔墨，是奉旨归而有。无奉旨归者，乃属孤魂野鬼类，潦倒无依。

因此画分格调，如宋人黄休复将画分为四格。

逸格：画之逸格，最难其俦。拙规矩于方圆，鄙精研于彩绘，笔简形具，得之自然，莫可楷模，出于意表，故目之曰逸格尔。

神格：大凡画艺，应物象形，其天机迥高，思与神合。创意立体，妙合化权，非谓开厨已走、拔壁而飞，故目之曰神格尔。

妙格：画之于人，各有本性，笔精墨妙，不知所然。若向投刃于解牛，类运斤于斫鼻。自心付手，曲尽玄微，故目之曰妙格尔。

能格：画有性周动植，学侔天功，乃至结岳融川，潜鳞翔羽，形象生动者，故目之曰能格尔。

关于格调，还有别的分法，拈出黄休复来，是借他说意思。

南山高，北山低；泾河清，渭水浊。格调真的有。高低清浊之分，在于绘画与心灵之间的距离，在于笔墨与意象之间的距离。距离近者为高，反之为低。真正的高格调，哪里容你见笔墨？或是密不透风，或是疏可走马，或是看不出规矩，全是有违常理的反动，在反动里一派率真。仔细揣摩，却又巧妙难拟，由此有大惊喜。这恰如新芽出果核，老壳破处，生机盎然。正如明人李日华所说：

古人绘事，如佛说法，纵口极谈，所拈往劫因果，奇诡出没，超然意表，而总不越实际理地，所以人天悚听无非议者。绘事不必求奇，不必循格，要在胸中实有吐出便是矣。

——《竹懒论画》

古人在古人那里，尽展古人面目。古人面目，乃今人镜鉴，今人师资。古人都是高人，若不是高人，也成不了古人。古人不在时间概念里，而是在智慧概念里，在成就概念里。能够穿越时空的是高人心智。

古代画家，自然也是，用那时明月照临我们，让我们一睹绰约。

笔墨根蒂

今人虽睹古时月，但不一定能懂得，为什么读不懂？乃因今人无此心，无此心者无此耳，既然无此耳，空费古人唇舌。古人说画，通过什么说？通过画说，通过画法说。古画家的种种画法，为今人提供了成功的标本，也为今人设置了重重障碍。他们一方面在向人说：想成功么？这就是。一方面又在向人说：想成功么？这是我的，不是你的。你的在你那里，不在我这里。虽说不在我这里，但我这里的却也都是你的。这样的话，古人都在说，只有会心者，才会莞尔在心。

贾又福先生是聆听者，他反复听，他与古人莫逆于心，听一遍有一遍的体会。

"从来不看梅花谱，信手拈来自有神。不信但看千万树，东风吹着便成春。"这是徐渭的。徐渭不看梅花谱？他是看透了梅花谱，懂得了自己也是一树梅，所以才这样自负。

"莫道乡山不足观，霞光云影梦中看。千回百转无尽处，老夫笔下天地宽。"这是贾又福先生的。贾又福见识古人多了，知古人在何处立足，于是他立足。古人立足在古人处，他立足在自己处，绝不跟古人争床榻。

他在古人那里获益多多。他会心而笑，古人也会因他笑而笑。

贾又福先生“以石观化”，“观”已经成就，更重要的是他要把所“观”，直接“化”出来，化成水墨技法。离开技法，没有绘画。但绘画却又不是技法本身，此中堂奥，谁能明白？

举首见七星，扪心知三省。为什么贾又福先生反复强调“三问”，特别强调“问己”。所谓“问己”，问什么？问的是态度。一己之心，与天地宇宙是不是和谐，是不是有错位。在荣誉面前，在名利面前，在世俗面前，自己是不是有所挣扎，是不是心有不甘。即便没有这些，那么是不是还有惰性，是不是已经有了花随流水般的轻巧，是不是轻视了别人，特别是对那些自我轻贱者，是不是尚有鄙夷之心……有这些，便不够大度，是把他们的存在当成了一个前提。所有这些都会背离画家本意，而画法之所以还像画法，是因为不能彻底从容。

画家是什么？画家是以像传心的人，恰如佛陀拈花。像若是不能传心，那定是传了邪。

所谓传心，是透露天机。不但画，所有像里均有天机。传天机者，须有天机根性，然而，“欲望重者天机浅”，因为遮蔽使然。因此绘画者必须识得天机，若连天机都不识，怎么能说得上传达。如无天机可传，那画则无生命。天机怎么来，感应而来。“《易》以感为体”，画也如是。“感而遂通”，咸心为感，咸心即是全心，全心即是无心。用心用到无心才能感。感动感动，感而动，动而感。所谓“西山石崩，东寺钟鸣”是也。绘画者画花鸟山水，其意不在花鸟山水，而在本体上。水墨色彩、笔墨都是用，而不是体，但也没有离体。体是什么？

体是心。全心是感。比如伯乐相马，不辨牝牡骊黄，贾先生画石，不问石之纹绺。“天意从来高难问”，但处处无不是天意的透露。

贾又福先生画画，有一个前提，那就是“画法不与古今同”。这是他研究透古今诸大画家之后，紧急规避的结果。这就界定了自己。自己不是古人，也不是他人。古人在古人那里，他人在他人那里。他自己必须在自己这里。所谓自己，绝不是一种执拗，更不是一种自负，而是一种自觉。是把握了以本我为核心的全部时空之后的一种自在，一份圆融。他已然掌握千种笔墨，却又不以笔墨为意。应该是在呈现，而不是表现。所有的笔墨都在方向里，但表面上却又看不到方向。它们是不合目的的合目的性，是在沉浸中形成的波，是努力中的不努力，是不努力中的努力，是自然而然的生发，因此是深的，是环波状、无休止的，所谓余音缭绕。我愿意猜想他作画时的情态，定然是在惊喜里，也定然是在苦恼中。苦恼是因为知道有快乐在，而快乐暂时还没有来临；惊喜是因为未知。因为绘画所抵达的目的是连自己也不能预知，预知的快乐是快乐但不是惊喜，所谓惊喜是出乎自己意外。一点一划、一笔一墨都向着未知，虽然未知，却又有方向，但方向却不确定，虽不明确，却又有感觉，有感应，有感知。虽有感知，却又不知何时抵达，就这样一笔一笔生出来。每一笔本身也是具足的，它们当处发生，随时安处，自己是自己，同时却又是局部，是因为有了一个契机，所有的这些笔墨突然就会到达一个境界。这个境界可能是奇迹。这一点在书法当中可能更能充分地表现出来，当最后一笔落成，整幅作品才臻于完成，是好是坏，由第一笔说了算，更由最后一笔说了算。当最后一笔说了算时，所有的点划也就都说了算了。

惊喜就是这样一点一点出来，最后得大惊喜。

也只有在自己的画法里有这样的效果，这是独立之后的自觉的风，吹开的是自家花朵。如果在禅境里，这就叫“竹中一滴曹溪水，涨起西江十八滩”。

这就是“化”,“化”在每一处、每一时。如春风化雨那样，不着痕迹。“化”是解放，是消解，是把所有的对立、所有的矛盾都和在春泥里，心与手，心与物，一切的一切，都化作无形，在无形中而具万有。如荆浩《笔记法》中所说：

气者，心随笔运，取象不惑。韵者，隐迹立形，备仪不俗。思者，删拔大要，凝想形物。景者，制度时因，搜妙创真。笔者，虽依法则，运转变通，不质不形，如飞如动。墨者，高低晕淡，品物浅深，文采自然，似非因笔。

这也便是贾又福先生所说：

挥毫落纸浑如梦，
笔下生风墨生烟。
扫尽百代千家法，
赏心且看太行山。

扫尽了千家法，才是千家法。因为千家法各有各法。

写到这里，就知道什么叫“入古者深，出古者远”了。“入古者深”，是把古人、古法吃透:“出古者远”，是全然跳出来，跳到自己这儿来。这便是今人与古人之亲，我与他人之亲，至亲无亲，乃是大亲。如人所说,“见与师齐，减师半德”，必须当仁不让于师，才是师之真正弟子。好的学生，在老师那里，从来应该是师其心，莫师其迹。师之心是什么？怎么继承？师之心乃是大，乃是“无”，真正的好学生要的是这个“无”，有这个“无”才能生有。“扫尽百代千家法”，是“无”，“赏心且看太行山”，是“有”。但那个“无”，却正是生机所在。所有的生机，都从这里生出来。

真正得到“无”，也就真有了。有了个什么？有了个“无”，无中才能生有，佛家所谓“真空生妙有”，亦即“若见诸相非相，即见如来”。诸相无非假象，如来才是真有。

中国画的本质是什么？其实就是个心性流露。心性流露之深浅，关键在于障碍的多少及大小。心性也如泉，障多，则不能畅流。壅塞，则谈不上流了。贾又福先生深知中国画中的心性之妙，所以他顿然知止，将自己止住，止在了自己的心里。止在自己的心里，也就是止于一，老子讲：“天得一以清，地得一以宁，……侯王得一而为天下正”；佛家讲，守一不移；儒家讲，“咬得菜根，百事可做”，都是在讲止。《大学》里怎么讲？“知止而后有定，定而后能静，静而后能安，安而后能虑，虑而后能得”，“止”是“得”的前提。

因此贾又福先生主张：“理法不为古人所欺，意趣不为今人所弃。”

他还说：

与天地同德，与万类同波，乃大本大宗。是我们审美的理想标准，也是永远需要坚持修炼的方向。皓首穷年，尤不可得，但不能觉得遥远，难处多就放弃追求。如同明明知道艺术没有顶峰，还要坚持向顶峰攀登，这便是我们存在的价值。

——2009年《关于艺术追求》

他之所谓“理法不为古人所欺”，乃是标明自己所止之处没在别处，唯在自心;“意趣不为今人所弃”，则是在说，自己之真心真趣，决定能为今人所领略。为什么？因为“一物可为天下信”，况心乎？

他的“与天地同德，与万类同波，乃大本大宗”之语，也真说得好。如他所说，这是他“皓首穷年”的追求目标，当然这是艺术的极致，而且不但是艺术的极致，也是人的生命的极致。如净土所倡：一句弥陀，即含摄无极。此乃心之所止之故。

这才是贾又福先生的笔墨根蒂。

画法不与古今同

有根蒂才有花朵，贾又福先生的“以石观化”山水画，是靠着自家的笔墨支持的，如他所说，“理法不为古人所欺”，不但“理法不为古人所欺”，而且，“意趣不为今人所弃”。如沩山灵佑禅师所说：“实际理地，不受一尘；万行门中，不舍一法。”绘画以技巧为能事，能事背后才是指事。贾又福先生所言笔墨技法，乃是自家营生，乃“此法前人无，瓢者今日造”（贾又福语）。

且看贾先生怎样料理自家炉灶。

人莫窥其巧

早在1984年，贾又福先生就已经意识到，在画法上须有一个方向，那就是“人莫窥其巧”。何谓也？莫非是老猫教虎，有所藏匿？此乃错解。“人莫窥其巧”，是真巧难窥之意，为什么？因其玄妙，非肉眼所能见。这是绘画的最高妙处，不是所有人都能够觉察。

历来的中国画，看的即是这玄妙。玄妙之所以为玄妙，是只能感觉，只能意会，知其然而不知所以然，觉得好觉得妙却又不知妙的具体说项，尤其不知源头，百窥莫知其巧。巧从来不在外面。

谁都知道绘画离不开形，但若只有形，则还不是画。按照《易》理，是万物皆有形有象，象是什么？象是一种超然，在具象之外，却又系具象所生。如《易》的形是卦，表现出来却是象，如“涣”卦卦象：风行水上，有散而成文之意；谦卦卦象：山潜地下，此乃真逊无迹。如胡兰成先生说音乐：“中国的音乐则宁是意志生出音声与调。意志在于处处，一音一节都是个完全，不等曲终才是个完全，到了曲终，亦还是余意不尽，去意浩无边。”他这一番意思，也适于绘画。一笔一划，均也有深意在，均也是个完全。中国画为什么强调写？写即是布置意思，点划里头都有着无尽，若是描则难成意思。

这意思即是象，象里自有气息在。若止在形上，则无气息。如伏羲画卦、仓颉造字，全是在象上用心，因此有触类旁通之意趣，有开显智慧之能量。大概也只有汉字有这样的独特含蕴，大概也只有以书写汉字为本能的书法有此独特含蕴，而中国画，亦即书法的一种独特形式，因此有形而不在形上走心，此中有真意，真意在象上。只有象能生息，惟息能与心通。若只知有形，不知有象，则不可以当画家。画家赵贵德先生曾对我说绘画：不要为对象负责，只为心灵负责。他的意思也是不在形上着意。形这东西，如果着了意，则鲜活如牛马。如果不着意，则连形也不是。见垃圾堆上死狗么，不仅已经不是狗，连物也不及。

象怎么来？在形上生出来，有生生不息之意。其意思如春天的花朵，花朵不是春天，但离开花朵则无春天。春天无形，花朵有象。中国画就跟这个象仿佛。用贾又福先生的话说便是：“具象不失为抽象，抽象不失为具象，你中有我，我中有你。生生之谓《易》。文重言外意，画重象外意，书法重点画外意。”

我说的都是理念，但绘画离不开一笔一划的实际操练。在这方面，贾又福先生最有发言权。他自己一步步走过来，且也不敢居私自有，一点点教他的弟子们这样做。他要求，每一笔都要有每一笔的品位和高度，“从刻意以求，到不求然而然，浑然天成，人莫知其巧”：

> 从一画始，每一笔勾、皴、点、染、擦，到万笔层层复加。一笔一墨落在纸上皆有情有态。每一笔下去便是一个富有表情的元素，便是会讲话的一个眼神对着观众。其中情、义、理、法、趣、气概精神，智慧思辨，妙在难能的处所。比如用线一波一转，一提一顿，一放一收，等等。每一个环节从自觉地赋予它情感、思想、审美、规律（理法）诸多妙趣，直到精神气质与哲思相反相成的表达。直至不求然而然天生地就，一下笔即成道体，所谓天机流露处。
>
> ——1995年《与学生谈话：笔墨之功从传统中来，在创造中发展》

“下笔即成道体”，流露自寓天机，他要的是那个妙，要的是那个说不清，所谓“天机流露处”。由此看来，画家也好，作家也好，真正有形有象的，都是在流露天机，其实包括万事万物，都有天机吐露，如云岩禅师的“无情说法”，砖头瓦块亦有言说。因此《佛说阿弥陀经》中，水音鸟语无不是在念佛念法念僧。

苏东坡诗：“子舟之画利如锥，千变万化皆天机。”

为了这天机，贾又福先生“不知何谓工笔写意之体，吾意出之笔墨，当工则工，当写则写，何斤斤于一体乎？”（见贾又福1998年《与学生谈话》）他在60岁时又说：

> 为画只知任心从意，所使笔墨了无定法，笔不笔，墨不墨，笔外笔，墨外

墨，一时兴到，胡涂乱抹，千山万壑，一日挥就。下笔方略，皆由精神使然。

——2001年《跋山水画》

“人莫窥其巧”，说的即是这个。“神无方而《易》无体”，一切是精神使然、心灵使然，当行则行，当止则止，似乎没了法度，其实恰是法度。好像随意极了，却是在这大随意中有不随意。只是这不随意，在这样的状态下已经化为自如，没有了丝毫滞碍。所谓法者，即不是技，而是道。韩羽先生教我写字，说：关于技法，三天就弄明白了，剩下的就不是这个了。这不是这个，才恰是用心处。只在技法上下工夫，其实是连后街上的王木匠也不如的。

贾又福先生得其奥妙，下笔之时自然有方向感，其感觉如春日里的花草，不为装点却已经是装点。一株小草里的天机也是无尽的，记得孩童时，我在父亲的菜畦边畔，见到一棵正吐新芽的小榆树，仅半尺高，却使我欢喜不尽，那情景现在还记得。大概这就是人与物的天机契合。绘画时画家的神思应该是始终在这契合里。由此贾又福先生特看重艺术发端，就是你从一开始就得有个高级的想法，悬若日月那样，一抬头便是它。不能低就，目标很多，应该要终极的那个，如江河流注，只有海是目标，湖不是，潭更不是。因此画家不能有欲望，而只能有理想。理想是欲望的升华版。正是在此意义上，贾又福先生才耳提面命：

画笔与纸的接触是生命和感情的接触，要把这过程看做是神圣的过程，是诞生生命活力的过程，是血液和感情流淌的过程。画笔在纸上沙沙作响时就像久别重逢的母亲颤抖着双手抚摸自己的儿子，全部身心用上去，全部神经在感觉。……古代大师一笔两笔不嫌少，千笔万笔不嫌多，既是牢牢地，又是自然地；既高度集中激动地，而又是定而不慌，从容不迫地把感情流露在纸上。尽管寥寥几笔，感情是充盈的。神经末梢的感觉很准，情真意切，既精炼又丰富，毫不拖沓，不浪费感情。或者千笔万笔遍遍加上去，加每一笔每一遍都有新鲜感、新的生命力。不加不行，情尤未了，意犹未尽。真情丰富得不得了，美感丰富得不得了，诸多审美高要求：意、理、法、趣尽在其中，不吐不快。如此精纯笔墨，可为天下范。

——1993年《与学生谈话》

“可为天下范”的笔墨，透有神圣之意。“画乃圣事”，圣事必须圣为，凡圣为，身心住处亦在圣境，自然与凡俗无涉，“人莫窥其巧”者，不是无巧，只是无窥处。

关于绘事，孔子有“绘事后素”之说。他之所指，自然是先秦时期的绘事。关于“绘事后素”，注家纷纭，我喜欢“素功”的说法，亦即在敷彩之先，先由画师素描成形，然后由徒工添彩。画师那里的工夫才是真精神。因此《考工记》也说：“凡画缋之事，后素功。”为什么画师的工夫是好的，就在于画师那里有“人莫窥其巧”的灵妙、幽玄。或谓后来的绘事，特别是写意画，“绘事后素”之理不再有实际意义，或许没有实际意义，但决然有理论意义。“绘事后素”之理，在于绘画之先的“素功”，点画之先，“素功”如何，直接决定着点画质量。从引申义上说，所谓素功，是平素所用功，平素所用功，既有技法上的积累，更有思想上的锻炼，特别还有心灵上的悟知。有了悟知之后，笔墨技巧就有了方向，而有了方向的笔墨就已经不再是笔墨，这不是笔墨的笔墨才是真笔墨。

真笔墨，其巧难与君说，也是“过关者自知之”。不是人莫窥，是不能窥者无所窥，能窥者却用不着窥。

当年禅僧行脚千里，寻到赵州和尚，问祖师西来意。那也是来讨巧的。禅僧修行，也如绘画，须处处有知，时时有行。若一步失落，则可能丧身失命。于是便来问师父，看如何摆脱生死。及到见了赵州和尚，赵州却说：吃粥了没有？吃过了，洗钵去！问题是，只此一句，禅僧竟然有了大醒悟。没想到这大巧妙竟然就在这粥钵里！

翻看贾又福先生的画作，每一幅作品都耐得住细品，一层层的墨，黑墨、彩墨，反复累积，浓处还有浓，淡处仍有淡，浓淡之间层次无限，这无限里却没有一丝犹豫处，没有一丝含混处，历历分明。但整体来看，却又是个大浑论，没有把柄可抓，没有门径可入，深不可测，妙不可言。不由感叹，这贾先生是怎么弄得呢？若是换一个人来弄，肯定早就一塌糊涂。肯定会有人当面问他，这里有什么技巧没有？技巧当然有，但却真的不在技巧那里，所以我猜想他的回答顶多是一笑。

不二法门

贾又福先生的“观化山水”时时给我大喜悦，其中最喜悦者当属他的不二法门。我猜想，正是由于“不二法门”的契入，才使他如此笔妙墨妙。他这样说：

山水画艺术上的形式技法的高层次，也只能是相对而言，怎么也赶不上妙悟之妙。何况用一般的概念去讲形式的技法，肯定是低层面。要想高一点，就必须突破一般的概念。比如，一笔就是一笔，两笔就是两笔，这就是一般概念；反过来，一笔不止一笔（一笔中有两笔的复杂性），两笔就是一笔（两笔中有一笔的整体性、统一性），这就是提高了审美层次。艺术上非此即彼，彼此分明很容易；而艺术的非此非彼，彼中有此，此中有彼，彼此矛盾化为和谐才是较为理想的艺术上的高层次的哲学和美学体现，才能接近妙处，接近完美，满足精神需求。佛学中有个“不二法门”，即“一实之理，如如平等，彼此无别，是曰不二”，艺术上也有个“不二法门”，很值得研究和把握。比如一幅画的大虚大实（高级的虚实关系），既非实也非虚，既有大实的强烈、醒目、严整，又不是铁板一块那样僵硬、单调、呆滞，同时具有大虚的空灵、含蓄、活泼。不虚也不实即是虚不失实，实不失虚，虚实二者手拉手行进，永远相搀扶，相和谐。……

又如，艺术上难于合为一体的刚与柔：刚者，坚强贯之，但一味强调刚，则失之霸悍或失之脆硬；柔者，绵韧贯之，但一味强调柔，则瘫软无力，萎靡不振。因此，用毛笔画一条线，其刚柔和谐关系是刚柔相济的不刚也不柔的“不二法门”。刚中柔，柔中刚是最理想的力与美的体现（可以联想到，在艺术中为什么弹性和张力那么重要）。

其他诸如，用笔中锋圆转，如没有方的意识潜入，一味地圆则滑、腻、流、俗，所以要不方不圆的圆中方。用笔的快与慢，快而不慌率，不妄动，镇定而稳健；慢而不松懈，不怠慢中有很多可欣赏的东西而令人感到紧凑凝聚。快亦慢，不快亦不慢。至于老与秀、苍与润、动与静、冷与热、粗与细、曲与直、离与即、藏于露、繁与简等等关系，都可理解为艺术上的“不二法门”，凡是单一地执著，必陷入低层次。

——《形式技法的高层次》

简单说，艺术其实是处理矛盾之法。不单艺术，生活其实也是处理矛盾之法。生活中时时事事充满了矛盾。为什么有矛盾？因为世界是“二”的，我们这个世界是依照“二”建立起来的。何为“二”？即是两端、对待，“一阴一阳之谓道”。中医讲中和，儒家讲中庸，佛家走中道，就是因为有个两端在。两端都不是，调谐了两端才是。因此孔子讲“仁”，要的是人际关系的高层次。人与人充满了矛盾，即是因为有“我”在，有“我”即有“他”，有“我”有“他”，矛盾就来了。“我”与“他”是矛盾的基点，由此有是非、得失、好坏、高低、长短、远近、贫富、贵贱……直至生死。生活即是处理矛盾，只是是在矛盾中处理矛盾，或可有扬汤止沸之效，绝没有釜底抽薪之功。在矛盾中处理矛盾，最后死在矛盾中，正所谓“天下事了犹未了，更何况不了了之”。“不了了之”与“了犹未了”是人的本质的生存状态。儒家用五常八德等来归纳人世，道家用无为，都不如佛家用无我。无我才是解决矛盾的根本法。但无我之法，并不是消灭肉体，也不是消极避让，而是升华，是超越，是消弭对立，是看破假象之后的顿然安稳。不是不得，不是失，而是得，且是大得，得无生法忍。无生所以无死，因此具无量义。艺术是生活开出来的花朵，因此充满矛盾。但同时，艺术还是心灵的花朵，而心灵本体即是不生不灭不增不减的，是没有差别的，更是没有矛盾的。从这样的角度看艺术，艺术有双重内涵，绘画也是：一是有矛盾的，如结构上的黑与白，笔法上的简与繁，墨法上的浓与淡等，处理这些矛盾，与生活中处理矛盾无异，双方当事人在，有德高之人说一句话，大事化小，小事化了，艺术也是，将这些矛盾处理平衡即是艺术了。但这仍不是高妙的艺术，高妙的艺术不是搞平衡，而是得大自在。所谓自在，即是自己在，所谓自己，绝非是小我，而是“照见五蕴皆空”的无我之我，即是超出对待的那样一种心灵状态。贾又福先生所倡，即是这一种。他说“不二法门”，真就不二，不是“二”里的平衡。一笔不是一笔，而是多笔。多笔不是多笔，而是一笔。到底是多是一，其实也不是多，也不是一，而是一种对立中的超然。就如芥子纳须弥，非大小比量所能概括，而是超然现

逸趣图　1993 年

师古人者而享大名，若张大千之流，晚年有泼墨、泼彩之创造而成就之，其在古人股掌中痴迷太甚，不无可惜。又福识。

似此闲情逸趣，偶有为之，万不可自我醉迷此等小术。镜真楼又福

无声自有诗　1982 年

飞蛾扑火　2008 年

师古不化者，以此为鉴。又福

量。因此你看贾先生的画，有黑白否？有，却又超越，黑的恰是亮的，白的反成衬托。虽是衬托，却也是光。这即是明暗同体的证明，是一不是二。有疏密繁简否？当然，但是繁处密处却不觉挤压，疏处简处却没有泄漏，简单处却恰是密不透风，繁处却恰是疏可走马。1982年一幅《无声自有诗》，分上中下三大条状，上边空白，下边空白，中间浓墨。只是浓墨中有一牙月和一缝隙湖；下边空白一尘不染，只是中间挨着浓墨处有一静止小舟；上边空白的上方是一线题跋。真的是浓淡大对比，却让人感到，生机无处不在，简约处或许更多。跋语这样说："物我通达，贵在精神感应也。若徒具形似，终为下品焉"。跋语是指示方向的一个记号。画是感应而有，不仅是我与物感，而物与物亦感，浓淡、繁简之间也互感。因此高明画家笔下没有对错，若有对错，即是生机有限。

贾又福先生先是消弭了我与物的对待，他五十余次上太行，对他来说，太行已经不是个地理，而成了精神写照。他的心灵世界寄托在此，太行是太行，但也已经与他无异。他是他，但他也能称太行。因此他画太行，是只有个太行名分，他不能说不是画的太行，他画的是太行之神，太行之神与他之心灵已经难分难解。这是个大的浑化。

再是笔墨之间的浑化，里头有线的刚柔沉浮么？有墨的干湿浓淡么？当然。可是，却又难以分清彼此。似乎是泼墨，但确又不是。这种浑然无彼此，却恰是彼此的极致。贾又福先生这样说：

> 简要说，笔墨精妙，至美至难之意有二：
> 第一，清楚到历历可见之笔墨众妙众美，笔法墨法出神入化，天机流露，

天怒图　2012年

无欲之门　2011 年

弗能复出再造。笔墨内涵，一任品位，无可挑剔。

第二，模糊到深不可测，玄奥隐秘，无穷无尽，发人深思，耐人久看而魅力不减。浑然天成，人莫知其巧。心可以感悟，目不可看穿。

——《笔墨与形式》

有人看不懂或者看不上贾又福先生的“观化山水”，就是嫌他太囫囵了，而不知囫囵才是。就因为人们是在“二”里，有个二元对立，能在二元中间调出个左右平衡，如走钢丝，非高超技巧不能行，好多人感叹的就是这个。但到了更高状态，七窍弭沦，显出浑沌本我，有的人就“觚不觚，觚哉觚哉”了。

虚实也是。苍茫之间，光焰四射，无限空灵处似乎虚而又虚，全是形而上，有好多人看不懂，虽然看不懂，也不敢忽视，知道那里有东西在。也有那极力排斥的，但这排斥更证明有个强有力的力量存在。虚灵世界，我欲以仙界喻之，可偏偏的，这种状态恰是现实当中最缺乏的。如《圣殿之梦》《大音希声》《烁梦》《云锦天章》等这些纯净、圣洁之作，有菩萨低眉般的柔和、沉静，似远离尘世，有难以企及之感，但是其气息却又正是人间所宝贵，它们其实是人的内心深处的那份真，这个世界恰是在此处立足；即使《无欲之门》《洗礼》《无边心潮》《天欲怒人何之》等，这些磅礴之作，也是世间匡正驱邪的一种力量。真的是雷霆万钧，气势雄奇，光是电光，云是铁云，再加上坚不可摧的动感，摧枯拉朽与护持柔弱同在。因此很难说虚实。它们实是一种能量，一种气流，一种虚拟的实有，无可表白，只能以笔墨流布。是这样的一种发端，因此流布起来，便没有了具体的屋舍、舟车、树木、牛羊、人物等，它们其实是连石头也不是了，已经完全是“化”，大化流行，莫可言状。

如郭熙在《画诀》中说：“一种使笔不可反为笔使，一种用墨不可反为墨用。笔与墨，人之浅近事，二物且不知所以操纵，又焉得成绝妙也哉”。

郭熙所谓“操纵”，似也不大确切，其实若是到了状态，那似乎已经是鬼使神差，必定有神来之笔墨。其实说鬼使神差也不对，那不过是心灵超越对立时的自如之境。

石涛有体会：“随意一发，自成天蒙，处处通情，处处醒透，处处脱尘。”这“天蒙”与“脱尘”，应该都不在“二”里。

贾又福先生这样说：“大实大虚贵在整体气脉中求，虽然每一笔亦可虚实不二，更难在千笔万笔重重叠叠中，虽密不使相碰、相伤或令人窒息，虽疏不使其寂寥无物，魂断意离。虚要从实处求得，实要从虚处中生，乃谓大虚大实。”（见贾又福《知白守黑》）

此乃大机大用，没有了小笔墨、涵盖了小笔墨，如“春风一阵来，遍地花狼藉”，更如夏日里万物绿成一片，一大层次里有无数层次，“种得芭蕉一万株，逢人便说绿糊涂”，这样的生机在笔墨里，却是连说也说不得。

在笔墨中透彻

一路走来，贾又福先生却又极清楚，“笔墨从来不等零”，但笔墨从来不是笔墨本身，所有的笔墨都是带有使命的。为了这使命，恰恰需要有笔墨，而且笔墨需要一点一点踏实。几十年来，他其实是活在笔墨里：

不计童年，大学至今，余之笔墨生涯凡四十余载。于砚田间耕心播艺，把笔吮墨，不敢稍有懈怠，及冠而壮，亦恭心顶礼，追慕历代大家。睡梦中犹见先贤握管如动刀戈，泼墨如吹风雨，惊喜之状，不能自已。方醒，催灯展楮，染翰挥毫。急欲效之，心潮实难平静。深感笔墨渊深，屡探屡奇，焉敢云其尽通。然余以为，奋击墨海，飞身破浪，浪乃惊翻。岂能缩首僵躯，沉迷自溺？今余花甲既至，为画只知恣意纵情，笔墨从心。笔不笔，墨不墨，笔外笔，墨外墨，了无定法。一时兴到横擦竖扫，胡涂乱抹，千山万壑，一日挥就，下笔方略，皆以精神使然。……

纵观世世代代，百家千派，笔法墨法，各呈风流，不贵同能，惟尊独诣。于是众法纷衍，流美统传，规律虽可依，规度不可循。今欲就教画坛诸友，何家？何派？何等笔墨是为底线？笔精墨妙，奇变万端，守住者，又当守在何处？石涛高呼“不立一法，不舍一法”，空中有音，拍案惊绝。余亦大胆妄言：“守在斯处者，必死在斯处。”一迷万惑者，可悲也夫！

余奋力多年，深研传统，以其入古者深，倘能入古既深，则必追求出古者远。于民族传统创造精神之继承而言，此“远”乃正“近”也。

——2002年《笔墨与形式》

从他的画册里，他的画论中，他的文献展上，我都读到了他在笔墨上的不懈追求，不仅有名师指点，更有自身的坚韧勇猛。他后来的超越或者升华，都是以笔精墨妙为基础的。因此贾先生才有资格述说笔墨之事，他才能看清楚谁会在生死边缘上失足。其实也不是生死边缘上，好多人是根本不知道有个生死界限，真有抱死尸而以为活偶者。贾又福先生说笔墨，是以笔墨方向为前提，是站在生死边缘上行大慈悲，一剑挥尽，使之不再在生死中：

笔墨品位再高，不能高于吾心，笔墨变化无常，不能在吾心外。以心驾驭笔墨，笔墨为吾所使。……所谓笔墨结构、笔墨形式、笔墨技巧、笔墨意趣、笔墨精神、笔墨品格等等高标审美规律与审美技能，无一不沐浴着中国哲学所崇尚的“天人合一”的理想与神秘色彩。

笔墨从心论，心既观物，心亦观我，物我通达之灵犀一点处，即是笔墨的落脚点。

——《笔墨论》

有此一落脚点，笔墨就不再是无根之木。我父亲曾侍弄果园，果树春日著花，秋日挂果。花繁果艳之时，日月星辰，水肥风雨，各各有功。若是死根之木，日月星辰仍旧，水肥风雨仍旧，枯槁还是枯槁。非但枯槁，水一浇，根烂得更快，风一吹，枝枯得更快，日月星辰不助其生，反助其死。笔墨也如是，不知有死者，不知有生。贾又福先生讲笔墨，句句不离生死。忘记了这一前提，就不能领略其真意：

对于中国画笔墨妙钥之理解与把握，在于笔笔使转、运动变化之品味高度和笔墨表现事物之难度，以及其中蕴含思辨精神之丰富程度，诸多因素，当于至真、至难、至高求之。

从一笔两笔勾、皴、点、擦、染，到千笔万笔，笔笔相生、层层复加，即使些笔点墨，落在纸上，皆变化万端，有情有志。一下笔便是心声，便是眼神，直至完美生成一个神秘的大千世界。

从初学者的刻意以求，到既成大家之无法至法，浑然天成的功夫，非皓首穷年、于传统精华中沉浸几十年奋力追求是决然做到的。

具体到实际练习，比如用线，一笔下去，一平一直、一提一按、一疾一徐、一波一转、一紧一松、一放一收，直至笔笔相佐，八面用锋，流衍婉转，含茹无穷，其中每一个环节，都自觉地围绕着营造：形（结构形象）、量（质量、质感、容量）、动（运动态势）、住（空间深度）、活（生命延伸）、意（思想感情）、理（专事沧桑变化之规律）、法（形式技巧、艺术语言）、趣（审美规律）、妙（精神遨游直至无极）。

这一全过程，即是从物质表达到精神表现，从艺术语言到艺术精神的全方位锻炼和追求。一开始是严格约束，渐渐通向相对自由，及至下笔即成天机所到。皆从严格约束而来，所谓最大的约束，获取最大的自由。

因之，从事中国画，不深谙传统笔墨之道，不亲探传统笔墨渊深，不识画法原通书法之律，不辨笔墨品级之味，不解取法乎上，难以成就高标。

——2006年《笔墨琐谈》

本人不通笔墨，只能从触类旁通之处揣摩贾先生本意，关键时候就引用他的，也只有从中浸濡多年且又能跳出庐山者，才能有不刊之论。贾先生的笔墨之法，不是主张，而是感悟，不是说的，而是行的。好比食客说咸淡，说该放盐少许，绝不能与厨师的三根手指相比，那是一种经验，一种娴熟于心、游刃有余，甚至是一种无心之举，手指一捏，定然恰恰好。贾先生就好比那厨师，他说笔墨，处处有来历：

笔法墨法本不可分治，笔一着纸，便笔墨互用，但分析理解可以拆开研究。画人多云用笔为难，笔法多有解处，殊不知墨法尤为难甚。历来大家善用墨，用墨比用笔更难，层层深厚，层层幽深，画面黑而亮，此山水画三昧，平庸之手不可与语。……

用笔平、圆、留、重、变，惟“平”与“重”为至难。

用笔首要“平”……平之要义有二：其一，首要在乎精神气象之平和安详，平静如水。‘水静犹明，而况精神！’精神一得静气，自然和谐，任何干扰自无隙可入，感情便自流于笔端。精神之气静如水，澄明透彻，还会有故弄恣纵奇险，故使乖张鲁蛮之状态吗？其二，其平非板，言用笔波折婉转变化，如水涟漪，即使汇溪成河入海，虽奔腾澎湃，也是极具天然之趣。平乃用笔的制高境，即此理也。黄山谷云：“心能转腕，手能转笔，书字便如人意。”画亦然也。腕随于心，笔从于腕，虽千变万化，出于天真自然，出自明净的心底。

用笔“重”何难？世人或云：重如高山坠石，有力即可重矣，非然也。多用外力。则易粗蛮笨拙。一味用外力，则清浊不辨。黄宾老论及此最精辟:“当如金之重而取其柔，如铁之重取其秀。……故金之重，而以柔见珍，铁之重，而以秀为贵。米元晖之力能扛鼎者，重也；而倪云林之如不着纸，亦未为轻；扬之为华，按之沉实，同一重也。”其臻妙之处，皆与外力无关，皆以精神之气使然，精神之气到、力到、分量到。用笔如不着纸，飘飘有神仙之气，不谓不重，而是举重若轻，或扬之以为高华之美。即使有金铁之重，而不独贵在重，贵在见柔见秀。

——《笔法》

此乃相反亦相成也，中国画中处处透着哲学省思，笔头上有着无限玄妙。轻重、提按、疾徐、苍秀、死活等等，从来不是非此即彼，而是你中有我，我中有你，表面看是手或腕在把控，其实是心。如中医把脉，心已然在指上。当心住在一处，不，当心无所住时，恰此时会有心生。此心至真至柔，能与万事万物融汇，所有对立消弭，一切能做得主，却又不知是谁在做主。我说是似有神助，我同学告诉我，此是自性显现。因此六祖惠能彻悟之时，大为感慨，对五祖说:“何期自性本自清净，何期自性本不生灭，何期自性本自具足，何期自性本不生灭，何期自性能生万法。”贾又福先生说“画乃圣事”，不是在有意拔高绘事，更不是故弄虚玄，而是心中自有所窥。中国画家手上的一支五寸管，却真能通达乾坤宇宙。当然，犹疑者无份，以画事为画事者无份，南辕北辙者当然连提及也不该。因此圣事，不仅画事是，其他任何事也是，关键在于做事者心之所住在什么地方。唐代思业禅师，曾为屠夫，杀猪时竟恍然有省，遂弃业出家，彻悟时述偈曰：昨日夜叉心，今朝菩萨面。菩萨与夜叉，不隔一条线。何为方向？这便是了。

贾又福先生已经从技法中超越出来，但却也不能离开技法，他只是一切由心使得，而不是心为之消损，所以于一切技法必然是更自由，更自在，更随心所欲。虽是随心所欲，却也不逾矩。还不能说是不逾矩，而是能够自创规矩，如花在春天里开，五瓣六瓣都是花，五颜六色都是花，即便是叶子也可以具有花模样。天女所散之花，都是从心想生。极乐世界之众妙花，也是由心想生。因此超越之后的规矩，就已经不是规矩。

在“观化山水”中，贾又福先生活法活用，自己的形式语言特别突出，如反白为黑，如独特的皴法等。这方面必须听他说：

古人积点成线，即一着笔，即见墨韵，即一点之中，内含起伏宛转之时势。一点至万点，点点使然。一线出之，一波三折，曲直顿挫诸妙，自在其中矣。用笔之道，以指转笔，笔锋要运动、灵活、往返回环、抑扬顿挫、千变万化，从心所使，乃是根本。

——《从一笔一点领悟》

“亮墨”与“渍墨”的特定含义和妙处：

“亮墨”是指于画面浓墨幽暗处再积染极浓的黑墨或趁黑处半干时再点上浓墨宿墨。（注意，半干时点宿墨能活化不死，又能保住笔痕，不会完全化开，不会瘫软。用笔精神，立定其中。）待干后于白处对比，显得画面极亮，是谓亮墨，即是画黑是为了亮的意义。

“渍墨”是用含水分较多的笔一遍遍层层复加，清晰见到一遍遍用墨水渍的痕迹，润玉般斑斓古气溢出，斑斑驳驳中见秀润之美。难点的关要在湿笔中见干茬。留住用笔的来龙去脉。用湿笔渍墨复加，画方能浑厚华滋。画如永远不干者。如果只用干笔层层复加，但能浑厚，几难华滋。……

拔镫法，如骑马跨镫，不即不离，足黏足离都不行。

担夫争道，争中有让，隘路相让，充实而不拥塞。

——《笔墨数解》

这都是教学生的，也是他自身的体会。关于教学生，他有一整套与众不同且自成体系的方法，之所以与众不同与自成体系，是因为他是过来人，他下过的工夫实在很深，他的每一句话都是在实践中感知、感悟而来。关于技法我不准备多言，绘画技法也如拳法，按照书本上记录下来的具体步骤来练根本不是那么回事，这么弄那么弄总是不对，待看过师父操练，才有所恍然。但单看师父操练也不行，还需自己亲身体验。一招一式，只是外形，内在的东西太多，也太微妙。中国的拳中国的画中国的音乐、戏剧，都是意象中生出来，一个人与另一个人，同中有异，而异却分明又在大同里，是同一世界里的无数个世界。马连良与周信芳决然是两回事，却又同在京戏里。如春日花开，每一朵有每一朵的春天，却又都是一个春天。

“观化山水”，具有强烈的个人特色，盖在于贾又福先生大胆地突破了固有成法，而这成法乃千百年经千百画人精心建构，可谓牢不可破，后人似乎只能依附，好多人连依附也依附不上去。当然有的人会超越，超越即是建构，等于长城又被砌高了一层。但超越也须在规则之内，不可背离，背离乃有大逆之嫌。也不是不可背离，而是没有谁能想到背离，因为古人的精心建构已达极致，后人只能叹为观止。贾又福先生不是故意犯规，他是在深入研究古人之后，而得着了古人真髓。关于此，他在《关于我个人的山水画创作》中说得很了然：

在精神方面，一是突破传统山水画中的可游可居概念，将树木、屋宇、舟车、瀑布等具象之物浑化，地理概念时代概念都已了然无痕，表现的是意象的无尽。时间空间，不再有界限，无量光即是无量寿，无量寿即是无量光。再是突破清雅把玩的文人情调，文雅之气，在中国画里已经根深蒂固，它应该是士人慎独的结果，是文人站脚之地。这其实已经很高，现在画家已经难以企及。但贾先生却要在此突破。为什么要突破？因为格局小，它只是治国平天下之前之后的自我安慰，已经涉及心灵但到底没有展开，是在独善其身，如小乘佛教的自了汉。而贾又福先生突破它的意义，在于欲体现菩提之法，如绽开的花朵，里头有无量春。三是突破“诗画一体的抒情的一般情韵，上升到人文哲思”，即已经从形而下到形而上了，画本来是有形的，他偏在有形中表现无形。似乎是不可能的，在他这里却已经是可能，而且很好。这也如古琴上的五根弦，其音声却是无形无尽，无形无尽的音声之外，则是哲思上的启发和心灵上的安顿。四是“突破偏执民族性，确立世界共鸣的东西方交融的宇宙意识”。即是大，“天大、地大、道大，人亦大”，其实地球很小，人心却很大。但人心有时却陷在自己编的篱笆墙里不肯出来。贾又福先生的画，其语言是世界性的，即便技法上也没有东西方的局限，在他原来的习作中也已经看到，西方的透视法及光影操作，他拿来时如取自家灯盏。

在形式语言方面，一是“突破全景式的山水”，“用横断式、没天没地式，向外八方放射、向内八方凝聚、横铺竖直式、平行再现式、内聚一点爆发式等。这些形式皆化传统的大忌成为可能”。因此说，在艺术创作上，没有对错，只有高低。有的人一味地对，自己却整个是错的。错在哪里？错在方向上。再是“反白为黑，黑白一义”。黑是

晓　1979 年

欲求变法，苦不堪言，深感艺途无捷径。董其昌所谓一超直入如来地，其遗害无穷也。我辈万不可自恃聪明。又福题旧稿。

黑，白是白，黑白分明，这已是人人皆知的定义，怎么能够颠倒黑白？在这样的对立意义上，贾又福先生竟然就把它们颠覆了，且颠覆得特别有革命意义，成效显著。“惜白如金”的实践使得黑光灿烂。正是在此意义上我说他明暗同体。三是“雕巨石创皴法，自创铸铁皴、飞沙皴等等”，皴法古已有，今人创者难。也没有谁想到创，因循即足。之所以不能想到创，是没有意境上的更上一层。其实是有此一皴法，即可开宗立派了。所谓宗派，是有意境上的独步成就。四是“造型的意象把握与稳准狠的坚实的造型能力，比古人有更好的发展条件”。古山水画多在外轮廓上用心，而贾又福先生则是多在内部结构上存意，使之向着雕塑感、立体化，如正面狮虎，更具逼人的勇猛与鲜活。此开张来的强大的冲击力，正是来源于无限的凝聚力，真的犹如核爆炸。向内走其实正是向外走，内无限与外无尽是一回事，好多人不明白这个相反相成的道理。此在纯观念、纯哲思的“观化山水”上更为突出，如《洗礼》《无欲之门》《穿破固垒》《大岳任扶摇》等。其实，所有的“观化山水”，之所以是“观化”，均是由于内部力量变化而来，无非是用心上有侧重。正是花开在外，而生机在内。烟云起处，才可以看蕴含。哪怕是他的小品山水，也已经不能与传统山水同日而语，那种毛茸茸的已经不是山水的山水才是真的意象中物，如黄山谷说苏东坡早期书法，如孵化出的凤雏，“一日堕地，便非孔翠可拟，况山鸡辈也”。与其说这是理念上的成功，不如说是心灵的自然外化。正如贾又福先生所说：“有心常于无心发。无执著、无挂碍、无污垢之心，方能发真性、发境界、发意趣、发自在。”这恰如春柳，刚才见时似还枯着，一回头，却已是一片鹅黄，天地之机乃也是个无心。

无中生有

绘画技法，不止绘画技法，包括别的技法，一开始是有的，如果没有还必须用力学。贾又福先生几十年苦学厚积，用的是苦功，在苦中品求乐趣。及到后来，技法也就不是技法了，这不是技法的技法其实才摸着了技法的边缘。我曾赞叹一修车师傅的技术高明，他说：哪里有技术，对于我来说，这不过是个活儿。贾又福先生现在不过是在干活儿，大的构思也许有，但笔墨流动时决然是处处未知，虽然处处未知，却也处处有意。不到最后一笔，就总是在悬念里，这悬念也不由谁设。最后一笔落定，悬念却并不因此解开，而是把悬念完成，如烧瓷器，窑里闷着时，一切未知，心里会想着那深玄，出窑之后，有了诸窑变及窑变带来的惊喜，但是，此一成器仍然是个最大的神奇。

此乃无中生有之效。

所谓无中生有，是老子“万物生于有，有生于无”，更是佛家“真空生妙有”。所谓“真空生妙有”，是先有空，“但愿空诸所有，切勿实诸所无”，绘画技法亦如是，学不到手不行，学到手一味固守也是错。修行的过程是个放下的过程，绘画也必须学会放下。这便是中国画的独有之处，它决然是修行。因此好的画，真境里无不是妙，这妙才是真有，技法不是。技法只是舟楫。

且这放下是以拾起为前提，如果不拾起来，又能放下个什么？这也如悉达多太子出家修苦行，他不是没有，他是富有天下，三时宫里可以任享人间奢华。他是真放下，也是真得到。舍了浮华，得了智慧，舍了虚假，得了真如实境，因此他是佛陀。贾又福先生的“观化山水”，其中笔墨，表面看来是无，有人以为他真在胡涂乱抹，这样的认为，就如同以为悉达多出家前曾是乞丐。

古人所有诸笔墨，今人所有诸笔墨，贾又福先生已经烂熟于心。但他现在一苇便可渡江，能操一苇之术比起樯橹若何？

摇橹弄船筏，好比技法；一苇渡江也是技法，却是舍弃船筏技法之后由心生起的无法之法。即便没有芦苇，达摩照样渡江。中国画到高层次，也是这个意思。

贾又福先生多年苦学厚积，一开始也许是不自觉，到后来，也许是突然有一天，他就明白了相反相成之理。“入古者深，出古者远”，进去是为了出来，学别人是为了躲避别人。若是为了出来，不进去行不行？却又不行。不进去也就谈不上出来。但进去不出来就等于迷死在里面，成了人家之鬼。因此画家是必须自己成为自己的佛。之所以是自己的佛，就因为得的是无师之智。所以佛陀教人就是个“舍”字。你若是死抱着不舍，最后死神也得让你舍。但那时的舍就不是舍了，而是抱着恐惧和无奈。舍是一种自觉。

真有的状态，莫可比拟，那是超越了一切对待的境界，定然是大自在大自由。贾又福先生知道这是高境界，所以他在绘画实践中，试图消弭“黑白”对待和其他一切对待。关于消弭“黑白”，他这样说：

中国画的“空白”“空黑”应有大道在其中的高层面内涵。“空白”与“空黑”实在可以通向无边无尽，通向万事万物，通向人们永不止息的思辨精神。

中国画的“空白”千年常见，“空黑”则属发展。大面积黑甚或画中无一点白，满幅皆黑，或云“反白为黑”、“黑白一义”。画面由亮处向暗处伸延，令有隐于无中，生发开去，令人向往之，黑如“乌鸦入夜”，白如“雪隐鹭鸶”，精神意蕴无穷。通过画出的引入不画出或画不出的“景外之景”、“相外之象、味外之味、音外之音”，或曰：“不音之音，不景之景，不相之象，不味之味”，此乃画中以有用无，以无为有，姑妄名曰“参空”之画“禅”。……

中国画的“空白”和“空黑”，在深层的审美领域，提高和发挥我们的智慧，使我们的艺术通向无边无尽，超越时间和空间的局限。我们不妨将“空白”和“空黑”大胆地设想为画面中的时空隧道，是“白洞”或“黑洞”，通过它可以在另外的未知空间和时间里驰骋我们的理想和使我们的审美精神得到满足，达到新的理想和审美境界。这便是心性的自在性、灵活性、透明性。

——2000年《黑白一议》

因此中国画，实在是个勉强，是个无奈。画面上的意思是意思，却不是本质意思，画面背后的意思才是本质意思。画面意思只是个指引，或者说象征。好比种红薯种土豆，地表上的秧苗是一层，埋在地下面的还有一层，且是有着目的意义的一层。因此会种庄稼的人，在乎秧苗，却更在乎果实，所以往往在秧苗上打疯杈。这就是贾又福先生一心内求的原因，他不追求外表上的大，也不满世界去搜尽奇峰，而是在一块普通石头上完成他的无边无尽的宇宙建构。

无中生有，无是真无，有是真有。如若不是真无，有也谈不上真有。本就该“依空立世界，想澄成国土”。所以山水画分层次，那些描摹对象之形的，即便描摹得像，也是躯壳。那些借助山水说自己心事的，喜怒哀乐，大小多少，就已经高了一层，但也不彻底。怎么样才能彻底？彻底放下自己，不以自己一心为心，而是以宇宙之心为心，这时的创作，就已经不是在营造什么，而只是流露，只是呈现。如贾又福先生说的：“心平成淡泊，笔落起烟霞。”所以这时候的技法还是技法么？石涛的“一画论”，应该是在说这个：“一画者，众有之本，万象之根。见用于神，藏用于人，而世人不知。所以一画之法，乃自我立。立一画之法者，盖以无法生有法，以有法贯众法也。”所谓“乃自我立”，立在何处？立在空灵之中，无中生有矣。

因此真的中国画也大悖，他是在以有说无，表面看是这个，其实却不是这个。但这不是这个，却也正是这个。还是《心经》说得好：“色不异空，空不异色；色即是空，空即是色”，空有一如。因此要透过现象看本质，这便是贾又福先生“观化”之本意。他所有的技法操练、形式表现，都是为的把这件事说得巧妙。

贾又福先生的教学，也是在“时时勤拂拭”，面对弟子们，把这些不可说的东西说出来，再三说，多是循循善诱之法，不得已时也用棒喝。目的是“你有拄杖子，我与你拄杖子；你无拄杖子，我夺却你拄杖子”。相信学生那里也是，没有的，老师却一点不给，（不是不给，是不要）已经很多的，老师却给之不尽。

妙法因圣事

贾又福先生的观化山水，高深莫测，我这外行只能以蠡测海，弱水三千，我只取一瓢饮。

贾又福先生秉承的是："画乃圣事"。因是圣事成就，才会有达到圣境的手段。如孔子言："志于道，据于德，依于仁，游于艺"，能够"游于艺"，须有自由之手段，不然怎么得心应手？不得心应手，怎么能游得起来？《易·系辞上传》也说："是故君子居则观其象而玩其辞，动则观其变而玩其占"，重在一个"玩"字，为什么？因为精熟，不精熟，怎么玩得起来？怎么能够精熟，是因为郑重，是因为恭慎，是因为勤勉。所以孔子先说"志于道，据于德，依于仁"然后才说"游于艺"，玩是以恭肃作前提。佛家道家能够游戏神通者，定是到达一定境界之人。所谓自由境界，先是有方向感，有方向作为统领，有信心作为依托，有勤勉作为保证，然后才有可能到达看似游玩也果然游玩的自由境界。绝非一些人所认为的随随便便，更不是胡行乱为。绘画自然也是，若想达到理想的境界，必须得笔精墨妙才行。如画界总说的，由眼前之竹到胸中之竹再到笔下之竹，三者必须归一才行，应该说三者必须统领到同一个境界才行。

贾又福先生的观化山水，所有的大而化之的效果，都没在笔墨技巧上，但也从来没有离开过笔墨技巧。他轻视那些玩弄笔墨情趣、把笔墨情趣当成目标的绘画者，甚至呵责说“守在斯处者，必死在斯处”，但这并不说明他轻视笔墨，恰恰相反，正说明了他对笔墨的严肃，容不得别人曲解。

贾又福先生的笔墨，是在继承前人的基础上有所发展，是在对从古到今的笔墨技巧做过大量深入的研究和实践之后，然后突破出来。是为了表达心中所想，是为了达到新的高度，是为了艺术上的独一性，而成熟起来的。这里我不说与时俱进，不说笔墨当随时代，因为，真到大起来之后，时空也会在其中。好的作品，都会是超越时空的。

他的“扫尽百代千家法”，与石涛的“我之为我，自有我在”是一个意思，与“丈夫自有冲天志，不向如来行处行”也是一个意思。这种意思不是狂傲，而是自信。因为他不是以贬低别人、轻视别人为目的，而恰恰是对艺术本质意义通达之后的彻底清醒，懂得了真正的艺术创作，必须是第一的，没有第二。谁是第二，谁就是失败者。

因此，贾又福先生在观化山水的创作中，要求自己做到“理法不为古人所欺，意趣不为今人所弃”：

归纳起来就是在意、理、法、趣这四个字上的思辨。意远为精神遨游；理得是对大道的探发；法备是艺术语言的独到与深谙；趣浓乃艺术高品位的魅力。

理法不为古人所欺，不仅是懂得古人实践过的理法，而是要能在古人理法之外，即理外理、法外法。意趣不为今人所弃，是要做到今人见到我们的作品不忍弃之，舍不得丢掉，不仅是指令人能够接受。

——2003年《学画手札·意、理、法、趣一解》

这也便是贾又福先生艺术创作的本质遵循：以理来统摄法，以法来体现理。

贾又福先生的笔墨即是承载意理的落地生根的东西，理越是大，意越是深，笔墨越必须到位，不然，所有的理念都成空话。所谓“处无为之事，行不言之教”，是在实处用尽工夫。

观化山水不同于传统山水的特点非常明显，它淡化了传统山水画中所谓的“可游、可居”、“山无林不秀，无云不灵，无水不活”的概念，如贾先生自己所说：“只画大山、大石，无一个苔点，无一棵树木，无一间房屋，无一动物，无一人影，无水，无云”，打破了所有的原来所必需的东西，可谓大逆不道、拗天而行。说是大山大石，其实有的已经不是大山大石，已经从大山大石的轮廓中解放出来，而成为气团或者云霭，或者连气团和云霭也不是，而是一种理念的代指，是一种不是而又不不是的否定之否定。但是这些，却也恰是从大山大石衍化而来，不然的话也就不能叫观化山水，它们已经化开了，所谓化，不是简单的不象形了，而是升华，如云升为霞彩那样，霞彩是水么？霞彩不是水么？是水又不是水，不是水还是水。它越是不像，越是接近本质。它们是一种内在山水。

贾又福先生的所有笔墨，已经不是原来意义上的笔墨，而笔墨本身也是理念的化身，它的生命不在笔墨这里，而是在理念那里。在理念那里的意思即是说，是在笔墨的本质里。

贾又福先生秉承的是，笔墨从心生，笔墨从道生，得心者得笔墨，得道者得笔墨。包括教学，他也从来不急着让学生们画成品，而是让他们先有方向，先把大的理念吃透，不然，则事倍功半。就是因为画乃圣事。

何为圣事？“圣事”就是心上事、本分事、生命中事、唯此为大的事。事因圣而成，事因圣而显，事因圣而显耀先辈、遗福后人。其实不仅仅是画，无论多么小的事，只要当成圣事来干，也一样能成就。世间事无大小，只是心有大小，心有严整与散乱。不在事上分，而在心上分。那种在一根曲别针前能够念及物力维艰的人，在一只蚂蚁前能够起恭敬心的人，应该说，已非凡夫。

第四章

以石观化的『以』与心灵凭借

“以”是介词也是动词，有了这个“以”字，才有后来的事情，因此它是凭借，是底托。

“以石观化”，四个字里头最数“以”字虚，却也数它最实在。因为它是轴心所在。都知道车轮，车轮转动之所以快速、匀称，乃因为车轴稳妥。车轴是不动的，只有不动的东西不动，该动的才能动起来，才能动得好。但这不动的东西却往往不被人注意。这也好比人的人格、信誉，不像房子、汽车那样外在，但人格、信誉的重要绝非房子、汽车可比。

有形的东西重要，无形的东西更重要。无形决定有形，有形服从无形。现在人人使用电器，衣食住行差不多都有电器随身。电器的方便、灵动、快捷也真没得说，因此人人喜欢。电器都是有形的，看得见摸得着。看不见摸不着的是电。所有的电器都是因为电而有。若没有电，各种电器不过是躯壳。还是古人说得好：“形而上者之谓道，形而下者之谓器。”人可以视器如无物，却不可以须臾偏离道，道这东西，从来是顺之者昌，逆之者亡。人之不知道，恰如鱼之不知水，鱼在水里是只见饵料，鱼是上了岸之后才知水。人或者还不如鱼，人遭殃之后或者还不知是偏离道的结果。

凡学道法、学技法，须先经师，经师的方式不同，师资也不一样，但都必须经师。也有那无师自通的，那其实不是无师，而是以一切人一切物为师，处处有领悟。孔子曰:“三人行必有吾师焉”，这三人中，哪位是师，不由那三人说了算，而是由看着这三个人的那个人说了算。看他能吸纳什么。

贾又福先生经师，别人也经师，贾又福先生学习，别人也学习。但唯独他提出了“以石观化”的理念。以理念为导向，由此所有笔墨都有了方向感，都有了自家性命。为什么别人不能？不是别人不能，是别人有别人的能。

这一章即是想说贾又福先生为什么能够提出“以石观化”的理念，并能够观石为化。其心灵来历到底是靠了别人怎样的引领，还是靠了自己如何的吐纳，才一步步踏破荆棘，辟出一条开阔的路来。

七星聚顶

贾又福先生是幸运儿，他是自小喜欢画而又学了画，“学之者不如好之者，好之者不如乐之者”，喜好本身即是老师。如果自己不喜好，单靠别人督促哪怕是施之鞭策也是不济事的，甚至适得其反。但是仅仅喜好，若是没有高人指点，也往往事倍功半，甚至到底不能成事。我即见过爱好文学者，锲而不舍、千辛万苦，直到两鬓苍然却一点也做不得文字的主。

人的命运其实是机缘使然，多一个条件少一个条件都会发生变化，因此命运在天，也在人，尤其在心。贾先生能来中央美院，且恰逢其时，此有内在之机，也有外在之机。如果来美院是偶然的话，那么，他的成功却是必然。必然部分完全在自己这里，好比同在春风里，有的花却不好好开，它大概会怨风不轻，或怨月不圆，这怨本身即是问题。贾又福先生乃本分人，唯本分人才会有好天空。果然他就有好天空，星光灿然：李可染、李苦禅、叶浅予、宗其香、何海霞、石鲁、潘天寿等，其光熠熠，真可谓七星照命。

这七个人给予贾又福先生的到底有多少，或者说，贾又福先生从他们身上获得了多少，真的莫可量度。师生之亲，亲在什么地方？亲在息息相通。那是一种氛围，一种气息，如阳光与小苗、春风与花朵。爱抚者的真诚与承接者的感念，两两回互。真的不在于老师讲了多少，学生听了多少，这是外在的。而最有效的是内在的东西，是老师的爱意，不通过语言直接被学生深刻感知。而学生的这种真诚也无须语言表达，老师会知道。彼此的心照不宣，彼此的相互感动，使得老师自觉有师道，使得学生自觉有弟子之德。因此学生学东西也是以恭敬得之。恭敬自然得之。即便老师不讲，也照得不误。因为心灵的开启，也如花朵的开启一样，日月星辰阳光雨露本来无心，无心却被有心得。因此一个老师教三十个学生，必然会教出三十样来。老师讲的是一样的，得的却个个不同。正所谓“春色无高下，花枝有短长”。

应该说贾又福先生不是机灵人，直到现在也不机灵，但他的心灵无疑是开启得最大的。为什么开启得最大？因为真诚。因真诚而恭敬，因恭敬而安静，因安静而成就。他当年记录下来的课堂笔记、读书笔记、日记等，保留下来的就有四十多本。看其清晰、工整的笔迹，就知道其态度的端严恭谨。当堂记录不说，课下还会找同学对笔记，看是不是有漏记、误记。他真的如饥似渴。而老师都是顶级的，有的是“珍肴美味”，能最大限度地满足他的艺术饕餮。

老师是大师风范，贾又福又恭谨，他那里日月光华旦复旦兮，我这里花叶扶疏糺缦慢兮。这样四年下来，夯实了贾又福先生的思想基础和艺术基础。这也是他人生中最美好的岁月，留下了最鲜明的戳记：老师有春风化雨之德，贾又福有感恩戴德之义，他们在相互成就，贾又福为有这样的老师而欣庆，老师们也为有贾又福这样的学生而得意。当年的那些文字记录、图片等等都被细心的贾又福留下来了，我就从这里轻叩贾先生的当年心扉。

这几位先生，真的如星斗烁烁照耀。那时学生少，不像现在这样似乎人满为患。因此那时的学生真的幸福，可以直接生活在老师爱抚的目光里。除了在课堂上师徒之间的授受之外，课后，周末，也可到老师家去，或三三两两，或独自一个，像串门一样，带着习作或者问题，前去请益。老师也视学生如自己的儿女，每日悉心浸泽、抚育，因此学生的进步不仅是知识上的增加，更是心智上的不断健全和心灵上的生长。老师如钟，大击大应，小击小应，不击不应。即使不击不应，师生之间也已经是个认真的存在。学生如水，随时清晰，随时见月。即便不清晰，也有个月亮早在里头。因此有这样的情形，当时老师在课堂上讲时，并无所得，及到多年之后，恍然悟到老师的那番话，突然会有大开解。这也有点像香严禅师，他问师兄禅法，师兄不告诉他，因此灰心，只好到山上搭个茅棚，自己苦修。一天锄地时，捡起瓦片随手一掷，击到一根竹子上，"当"的一声响，朗然彻悟。才知道师兄的当年不告诉他，才是真告诉他，因此向着师兄的方向，倒头便拜。老师的真心话，当时能够领会多少算多少，日后随着进程，还会时时有领会，说不定还有大领会。

贾又福先生那几十本的笔记，载有老师们诸多言行，这里不可能照录，只引用李可染先生点滴话语，借此看一看当初春上梅株时的照拂：

愈写意愈要严谨，几笔成，人看了要见其精神。

画家要练习自己的眼睛，多一点少一点都不行。构图也好似有力学上的原理，要稳定，就好像一杆秤一样。

一幅画要想音乐一样，要有自己的调子，有自己的旋律，或清淡或浓郁。

画面严肃是非常重要的，若不经意，像是不经心，但是恰到好处，不得增减一笔。若不经意，其实是最大的经意，经意之极。

没有一个大艺术家的创作态度是不严肃的。齐白石先生只有两次十天不作画。齐白石作画像着了迷，坐着也在腿上画。姜妙香街上行走的时候也唱京戏。雕塑家对泥有爱情。画家对墨也要有爱情。画家对墨应爱好，我最爱磨墨，因为这盘墨汁里有整个社会和世界，抬来戏箱子，就好像把整个历史抬来一样。

艺术上要尽变化于统一，风景画之构图是秤的平衡，而不是天平的平衡。要“似奇反正”。远看极统一，近看极变化，有不尽之意。

山水画所要处理的问题很多，表现空间极大，一望便是几千里，表现无限的层次，表现气候变化，山水画一落笔便是空间。

风景画不能只凭明暗、透视、比例来画，技术是重要的，但只是手段，而不是目的。成熟的画家很少注意技术问题。

人作画主要是思想感情在作画，画要吸引人，必须要有灵魂，失魂落魄的画是不能吸引人的。

齐白石作画主要注意对象之精神和自己的感情。音乐家演奏时，如果还在考虑音符，那一定是失败。

一个拙劣的画家，只是技法在说话。

用心画，不怕画坏，冒险的地方是应该冒险的。程砚秋唱戏，有不少险腔。

作画的方法就好像变戏法一样，好画是难于看出方法来的。看出来便是戏法变漏了。

作画态度要严肃，如临大敌，严阵以待。

中国画的糟粕，我认为就是公式化。元代以后，公式化的程度是很可怕的，很多山水画一点感觉也没有。脱离生活、脱离现实，而成为没有生命的躯壳。

中国画家的辩证法有三：一，以大观小；二，以小观大；三，一粒沙中见世界。

虚不等于空白，真正大手笔，是画虚处着笔很多。虚处不画固然可以，但很多地方是应该画的。要以实见虚。

有大志一定要心中有数，艺术上的“歧路亡羊”是别人提的意见很多，自己六神无主，不知所从。一定要心中有数，死、板没关系，走一条路坚持到底。

画出的画，要和敲钟一样有余音，不要“噹”的敲一下完了。

意境是山水画的灵魂，“可贵者胆，所要者魂”。

画好风景有三个条件：①深入全面的认识对象，要“全马在胸”、“成竹在胸”、“沟壑在胸”。中国画是白纸对青天，什么也没有，就是能手出造化。这是非常名贵、非常厉害的，是长期的、深入的、全面的观察对象的结果。②强烈真挚的思想感情。③高度的意匠加工。

没有创造性的根源是对对象没有感情。有了意境没有意匠等于零。

意匠：加工手段。如剪裁。自然主义的画法一辈子也画不出一棵树来。中国人剪裁大胆得很，有时剪裁到零。中国画空白很重要，中国人有句话："计白当黑"，一定要画宇宙间最精神的，写生时要把对象看成资料，取其中最重要的。京剧中《空城计》诸葛亮唱时，司马懿就成了空白。齐白石画鱼虾不画水，也是为了突出主题。

我给画画说过一句话："一寸画一寸金。"用一块最小的纸，画一张最大的画，这就得尽最大的努力，去经营布局，精心组织，这样一来画面的穿插就很重要了。

堆垒平铺最不好。气魄大就是用最小的纸画最大的画，纸短而情长。

画面上、下、左、右伸展是容易的，往深处画则极难，而又极重要。

骄傲是无知与愚蠢的表现。苏格拉底说："我只知道一件事，那就是我什么都不知道。"

黑中要有光，不能感觉乌。

山水画技法之笔墨步骤：①勾。要尽量地勾，勾得越丰富、越多越好。如画树，尽量的画。勾，然后沿枝干加叶，才不显得贫乏。②皴擦。最好干些，太湿者弱，太干者硬。③渲。用湿笔加一下。黄子父曰："干裂秋风，润含春雨"，要两条腿走路，如刚柔相济，又苍又润等。这是东方人的特点。

勾是主要的，皴擦是逐渐整理调子的阶段才进行的。我有句话"不怕碎，就怕花"，"先碎而后整"，骨架要尽量详细。宁可画"过"，不要不够。"千笔万笔不嫌多，一笔两笔不嫌少"。一味提倡洗练是不对的。"江山如画"，而不是"画如江山"，艺术应该比现实生活更高。

一张画画好，必须在各方面负担很小，这样才能全神贯入意境。

……

几十年过去了，这些话依然光鲜如初。不但对于当时的学生，对于现在的学生也是至珍至贵的。虽然那时在物质上是个极贫乏的年代，但只此一斛珠，便可知当年贾又福先生在精神上是多么富有。何况不是一斛，而是多斛。

因此，贾又福先生至今难忘师恩，他觉得老师所予太多太多，尤其是李可染先生。在李可染先生1989年底去世之后，贾又福先生接连发表长文，缅怀先生，他把李可染先生定位为“现代山水画的开山之祖”。在艺术创作上，他认为老师实现了两个革命：艺术精神的革命和艺术语言的革命。他说：

所谓艺术精神的革命，即以“作透网鳞”为其强大精神支柱：表现在对传统的研究上，即是在用最大的功力打进去的同时，看到了传统中的很多不足之处，以“极其致密的筛子”,“将传统过滤”，集中精粹，加以消化。寻到了继承传统的最佳方式：看准传统的病根，找到通达自己艺术领地的突破口；表现在行动上，则是一反明清以来远离生活，日趋因袭的“僵死画风”，而带着如饥似渴的创造欲和火一样的激情，扑到人生和大自然的怀抱，在中国山水画史上第一个提出“为祖国山河立传”的口号，乃是他的火般的热情、铁打钢铸般的力量、深沉的内蕴、丰富的秘藏、活泼的生机的艺术体现，也是他在艺术追求上的“精神纲领”。

所谓艺术语言革命，表现在其创作实践上，他的一笔一墨都注入了创造的生命活力，他的笔确乎是他的神经末梢，触摸着我们这个时代，泱泱乎浸透其作品中的皆是他独到的审美见解和审美体验。他绝不套用现成的传统程式，靠自己的真知灼见，以长期“对景创作”的艰苦磨炼，冲破了前人一切形式规范的束缚，扫荡了固有的传统中传宗接代的符号大成，扫荡了诸如系统的岩石皴法、林木树法、屋舍、草法、云法、水法、点子，等等，无一笔落入古代大师的藩篱之下，跳出了“如来佛的掌心”，以其独有的惊人洞察力和创造力，发现了前人从未有过的山水艺术语言，形成了当代李家山水体系。

——1990年《且看当代李家山》

贾又福先生深切感知到，李可染先生不仅教给了他怎样作画，更教给了他怎样做人。老师给予他的真是太多太多，无可比拟。

我看老师如画坛中的“佛”，他的艺术乃是他的超表态的、极端清净的精神世界的结晶。他几十年如一日地清心寡欲，把自己置身于一个相对封闭的艺术领地，一如佛家悟道，深山壁观，大智若愚，对艺术千锤百炼，使当代李家山水体系闪烁着夺目的光辉。从老师那里我领略到圣者光明，贤者风采，皆人无欲无依中生发而显现之，得而不喜，失而不忧，不计赞毁，无所不为而绝无逞强而为之，视死如归，视灭如生，得以步入真境，步入净化世界的高尚情操。

——1990年《画坛之尊——怀念可染老师》

贾又福先生念念不忘师恩。他把自己的成就，归功于老师的教诲，他时时在维护着老师的尊严地位。当1988年，有人在评价贾又福先生的画时，相对于李可染先生，有“青出于蓝”此类话语，贾又福先生非常不安，写信给出版部门负责人，再三表明态度，力拒这样的评价:“不要把我和老师拉在一起对比，否则我将无地自容。”“我再次恳求你们在审定文稿时，不要再提‘青出于蓝’，我的水平还差得太远太远，更别提那一点点‘超过’的话。”

对李可染的态度，就代表了贾又福先生对待所有老师的态度。

几十年过后，每每回顾七星照耀下的岁月，总能品味到甜美与深邃。那真是个奇怪的岁月，物质上的极度贫困和精神上的极度富有形成巨大的反差。身体上的如饥似渴与心灵上的如饥似渴混在一起，却用老师们的精神食粮填鸭一样填成一个大肚子汉。贾又福先生记录下来好多与各位老师的交往，记载下各位老师不同的待人方式，不同的讲课方式，以及言行举止、性情喜好，等等。如今这些都成为他回味那段时光的最好凭借。他还把这些印成书，好让别人也来分享不可再得的这种氛围和这份金贵。也以此来感念老师们对他的深沉教诲。2012年10月，他把《大音希声——贾又福文献展》放在西安，其中一个大的因缘，就是感念他的老师何海霞先生、石鲁先生。

中央美院四年，正是叶嫩花初之时，有阳光雨露抚慰，自是岁月蓬勃。老师点拨，同学之间浸晕，再加上自己刻苦，贾又福如新生凤雏，羽翼日渐光鲜。若按常规，他也许会成长很快，但是，世间狂飙突起，因此不得不飘忽十年。直到70年代后期，才一步步走上正途。但曾经的雕琢，依然深刻如初。十年的闷焐，从深层上讲，也应该是锻造。

深远的文心

用现代的说法，贾又福是个学习型人才，自小到老，他都在学习之中。对于聪慧而又善于吸纳的人来讲，时时处处都可以学到东西，所谓触处皆真。只是贾又福先生单是读书也了不得。他探求的触角伸得很远很深，仰望古圣先贤，旁涉诸子百家，参悟历代画论、画作，滋养的是自家身心，开启的是心灵机杼。

到底读了多少书，即便他自己也不好统计。我们通过一篇他的笔记，大概可管中窥豹：

魏晋、南北朝、唐盛、宋、元……

汉赋，枚乘《七发》

开创了用虚构的故事来通达自己要喻世告人的“要言妙道”，这对我追求理想中的山水画太有启发了。（《七发》中对音乐、车马、宫游、狩猎、观涛的虚设铺陈淋漓尽致。其艺术性对我们影响重大。但无深刻的批判，需认识清楚）

司马迁《史记》感情炽烈，高风亮节语言生风。

《诗三百》《尚书》《礼》《易》《春秋》。

《诗经》三百，诸子散文——政治、哲学、伦理。

《论语》《孟子》《大学》《中庸》孔儒，亚圣孟轲，道庄、老子。

老子，安身立命的“虚静、退让、柔弱，但并不消极，是长久而制胜之道。

庄子,“全性保真”与宇宙大道合为一体，追求精神自由和完美。摆脱精神枷锁，冲破旧传统的牢笼。

孟子,“学问之道无他，求其放心而已”，受用一生,“我善养我浩然之气”。

屈原《离骚》，强烈的自豪感，强烈的自我意识、社会责任感，崇高的美妙的伟大理想，在孤立中傲然凌风，坚持真理，无所畏惧的斗争和至死不渝的追求。

汉·乐府，反映下层劳动人民生活，奴隶的生活起居。《妇病行》催人泪下，感人肺腑。《孤儿行》《陌上桑》，罗敷的烘托。《孔雀东南飞》。

东汉，班固的《汉书》，第一部断代史。以史官的立场，逊于《史记》。但仍有妙章，如李陵送苏武归汉。

南齐，刘勰《文心雕龙》，曾皈依佛门，精通佛典。钟嵘（齐梁时人）《诗品》“为文之用，心也”文章写作之指南，之精义共五十篇。反对声律和用典，反对故弄玄虚，尚自然明朗。

淮南子：汉武帝时淮南王刘安召集门下文士成《淮南子》，道家思想结晶，划时代巨著。源千里，深百仞，致高崇，成广大。自然哲学，主体精神，焕发生机，辩证思维，提高境界。

曹丕《典论·论文》其中论文一篇。中国第一篇文学批评论文，盖文章、经国之大业，不朽之盛事。对作家文气、个性、论述作品风格。

建安文学。曹氏父子：操、丕、植。建安七子：孔融、陈琳等等。

陶潜、谢眺、谢灵运……

佛教从西汉之际传入东土，到东晋南北朝、五胡乱华十六国时才产生了广泛影响。

东晋时佛学与玄学相参。

唐，初唐四杰，中唐、晚唐……

历代画论重点：从《山水叙》直至清末民初一一系统通读。

南朝宗炳。以佛道论画。含道暎物，澄怀味象，畅神说。

荆浩《山水诀》。

唐诗宋词、历代画论、文论、诗论。佛典、《五灯》《严沧浪》《沧浪诗话》。

元明：徐渭——反复古倡个性，文学、画学，晚明之先驱。董其昌——倡南北宗，以禅喻画《画禅室随笔》。

与魏晋玄学之契合。

宋明理学：二程朱熹，王守仁。（格物、观心、心学）

唐诗、宋词、元曲、明诗：晚明诗文，公安派三袁：宗道、宏道、中道三兄弟。

清代：李渔的戏剧理论。龚自珍《闲情偶寄》代表性一书。①立主脑（立言之本）。②脱窠臼（去陈规，求新奇）。③密针线（前后呼应，浑然一体）。④减头绪（单纯、提炼、凝言）与画理相通。

石涛、八大（现成的资料）

——1986年《读书要点》

此读书笔录，自古至今，大脉都有了。像是穿越一条古街道，沿街门户历历分明，好多门户是要迈到门槛里头，登堂入室去看仔细。这是他走街串巷之后的粗略概括，只是为给自己理个头绪，并无意显示给人看。

因为是给自己看书，所以不会给谁走过场，因此他如虫析木，钻进去还要钻出来。从读书里头也能看出他的倔脾气，遇到大问题时也如木匠对待木瘿，锛子锛凿子凿，不肯罢休。比如《文心雕龙》，我也读过，那是一翻便了，而贾又福先生却是读了再读，仅对《神思》以下前20篇，如《神思》《体性》《情采》《熔裁》《丽辞》《物色》《隐秀》《夸饰》等，就留下了多篇笔记，非常系统，有典型文句的摘抄，更有自己的悟知，且还有联系自己绘画的生发，精湛如小论文。且我还是个为文的，而贾先生这个丹青手，却能精诚到这样。不妨摘抄几篇与诸位分享。

《神思篇》

涤心耀目，令读者多得厚蒙，怡养精神，开塞慧思。所谓“陶钧文思，贵在虚静，疏沦五藏，澡雪精神”，只有如此方能思深神远，方能寂然疑虑，思接千载。至于“登山则情满于山，观海则意溢于海”则是不言而喻的必然前提。即所谓“恢万里而无阂，通亿载而为津”。“观古今于须臾，抚四海于一瞬”。应留意，刹那间、转瞬即逝的那一点一滴，能贯通古今，纵横八荒的天人合为一处。这里将是得一个“化”字，这个“化”字，如何发挥，其根基和落脚处在哪里，在山川？在江海？在风云？还是在河瀚？这将要为文为艺者的多年积累。我断想这应将是一生追求的事业。

《体性篇》

“情动而言形，理发而文见”。指出:“陶染所凝，是以笔区云谲，文苑波诡者矣。”陶染乃苦学积累蒙养之事，基本功夫做深厚，自然笔下如云气奇变，如波涛万端莫测。

至于辞理庸隽，莫翻其才；风趣刚柔，宁改其气。事义浅深，未乖其学；体式雅郑，鲜反其习。进一步说明文章的平庸或高超，风格（风骨）的刚与柔，能否抓住时间的本质，深刻与否；艺术形式的高雅与鄙俗等等，以上种种绝没有违背作家的才情、气质、学养、个性。

由此可见才情、气质、蒙养个性的重要性，归根到底，凝于陶染、苦积、广采、博学。蒙养有源亦有流，风格形成个性与之培养，什么是最根本的不言而喻了。

《附会篇》

“众理虽繁，而无倒置之乖，群言虽多，而无棼丝之乱”。（理万殊而归一统，大统一也）

扶阳而出条（当突显的突出），顺阴而藏迹（当含蓄的含蓄）；首尾周密，表里一体：此附会之术也。”（呼应对比，主次分明，阴阳互证）

文章强调:“驷牡异力而六辔如琴，并驾齐驱而一毂统辐。”四匹马虽然力量不一致，只要用六条绳子笼络住，编入琴瑟一样和谐。

可以悟出大统一、大和谐的深刻道理。

文章强调对事物的认识深刻程度，抓住主题，全片协调，主次相统，首尾相顾，像音乐一样和谐，为文如此，为画亦然。

贾又福先生读《文心雕龙》，注重的是“文心”，因为文心画心本是一心。无边智慧全在心里，如刘勰的书赞：“生也有涯，无涯惟智。逐物实难，凭性良易。傲岸泉石，咀嚼文义。文果载心，余心有寄。”在贾先生眼里，《文心雕龙》是一营养钵，“以石观化”的初期酝酿，从这里可以看端倪。

我还看到一份他当年在中央美院当学生时的书单，那是中央美院院藏的历代画论书籍，共有64种，为了备查，贾又福先生整个都抄了下来。此是画论悉数，为借阅方便，且详细记下了书的编码、类码。我猜想他是读了的，即便不全读，也是读了大半的。从中也可看出他清晰的思想战略。他注重的是画论，一开始，就想把握宏阔，理出脉络。这是他治学上的提衣挈领。

从20世纪60年代，到80年代，再到现在，不知他读了多少书。应该说我也算个读书人，但相对于他来说，却只有汗颜。

贾先生秉承的是朱熹的治学方法：“大抵为学，虽有聪明之资，须作迟钝工夫始得，既是迟钝之资，却作聪明底样工夫如何得?”他自以为愚笨，因此“先要力行，然后才有可能致知。”他说，“对于我来说，我须下到比别人多十倍的功夫……”他真的是苦，且也真是不以为苦，他像苦行头陀那样，难舍能舍，难行能行，别人会以为他苦得不得了，但在他内心深处，却是一波一波的光涟漪似的散开来。苦与乐在他这里，已经是一个。正因为此，他的画才能以大观小、以小观大，才能黑白同体，殊途同归。千差万别，已经是个无分别。无分别里头，却又有千差万别的分明细致。

如他反复提到的“曲折到人所不能曲折为深；含茹到人所不能含茹为大；吐弃到人所不能吐弃为高”。做人如此，做事如此，读书亦如此。“情、感、识、趣、意、神、境，皆于深处求”，这是贾又福先生的经验之谈。何谓“古”？贾又福先生说：“对古的理解常有偏差，这是泥古者给后人造的麻烦。其实大智慧者谈到古，早已剔除了糟粕的一面，所以，古是一个光辉灿烂的代词。”这话说得也太好。在智慧者眼里，果然是连糟粕也没有，正如袁枚所言：“万卷山积，一篇吟成。诗之与书，有情无情。钟鼓并乐，舍之何鸣？易牙善烹，先羞百牲。不从糟粕，安得精英？”纵有糟粕，恰也是滋发智慧芽的肥料，这全看吸纳人的态度与角度，看心之宽窄、净秽。禅家也说：正人说法，邪法也正；邪人说法，正法也邪。禅家还说：烦恼即菩提。即是因为生烦恼之心与生智慧之心乃是一心，之间的转化，只在于心舵把握。

自觉的画心

贾又福先生读书，不是为了做学者，只是为了绘画，如果说绘画是一株树，那么，读书即是土壤。为了树的茁壮，因此需要土之肥厚。如他自己所说：

就绘画而言，我的实践始终离不开中国民族传统文化的滋润。不忘检讨和警醒自身，在学习和吸纳新东西时，是否靠近“博学”、“审问”、“慎思”、“明辨”孔门治学精神。以及用“明德”、“知、止、定、静、安、虑、得”（《大学》七证），“格物”、“致知”、“诚意”、“正心”、“修身”（《大学》八目之五目）来管束自己，使之贯穿艺术实践的全过程，并自觉地意识到时代的使命，做当代文化人该做的事，即使有些微成绩，仍持“为无为、味无味、事无事”的淡然心境，更希冀“明心见性”、“觉行圆满”的智慧升华……

——2011年《我的艺术实践》

这是一份文化的自觉和心灵的自觉，通凿石问绺、植树浇根之理，知画，更知画心。于是始终遵循。

但读书与绘画，又不是一回事，中间需要转化，好比高粱与酒。高粱转化为酒，靠的是发酵。知识转化为智慧也靠发酵，在心灵中发酵。心灵的转化是根本的转化。

从一个角度说，绘画用不着多少知识，技法也有限，但需要智慧，要的是心光烛照。如果有了智慧，技法就不算什么了。如果画了多少年，仍在技法上打转转，即已经证明智慧不够了。贾又福先生看重技法，而又能超越技法，这里头实有智慧作支撑。

智慧怎么来？靠感悟。感悟的方式多多，其中一大项是读书。读书不是目的，靠书本走进古人的心智深处才是目的。古人已矣，唯书留存。书是古人留下来的感悟遗迹，字里行间全是信息，有经验，亦有智慧。古人的几卷书，实是古心再现，而深厚透彻之古心，确能够穿越时空、囊括古今。这也得遇到，书有深浅，读者有高低，深书遇到浅读者，那就只剩下晦涩，浅书遇到深读者，必淡然无味。只有深与深相知，浅与浅沆瀣。当聪慧古人心与聪慧今人心相遇时，时空即时泯灭，而只剩下粲然与清朗。

感悟，能感才能悟。因此有个感的主动，这主动便是态度，便是治学方法。治学方法与到山上写生一样，也是以恭敬得之。世界上的事情若想成就，无有一样不是以恭敬得之，何况直接与心灵有关的事情！贾又福先生之恭敬，于人于事，已成生存常态，而不是方式。好多的人之所以狂妄、高傲、目高于顶，恰是不自尊。恰是因为心地狭窄、逼促，不得不尔；恰是因为不自信，而以别一种方式乞求别人肯定。此乃为真可怜见者。感人感物，人能应，物能应，有感有应，即有悟。为什么有感有应即有悟？如香严击竹，轰然炸响的是自己的心。

贾又福先生的治学态度，依然是敬中求取。他不说自己，而说朱熹。他说，“朱熹的修养方法——‘主敬涵养’，根本是‘内无妄想，外无妄动”，而学画之人更应该在“内之敬”上下工夫：“①收拾精神（与佛内敛相似）。②怀敬畏心（恭心顶礼，谨也）。③惺惺，警觉，警醒状态。④主一，专注。”“定静心八风不动”，“从穷理到格物致知，到治国平天下，所有作为都需敬”。（见贾又福《儒哲与画》）

此时的朱熹，成为贾又福的一个影像，他深知内在静敬和自我警惕的力量，这种力量是先化己，而后化人、化物。

贾又福先生之所以能够“以石观化”，有一前提，那就是他已经被古人化了，或者说他化了古人。正是在古今一如的状态下，智慧之门开启。因此他一直在感念，感念传统文化的博大精深，正是这博大精深带给他无尽的好处；正是这博大精深，赋予他“乾坤万里眼，时序百年心”之宇宙视角，从而悟知山水画创作的本质意趣。

具体到山水画创作的每一个环节，其背景的精神基石，都是“中庸”的哲学旨奥。也即是说，凡是精神性的与物质性的两极，动辄相反相成，对立统一。精神性的高标，与物质性的高标，皆以执两极而得其中为至上原则。性情与智慧、学养、精神性的修炼，要合于中庸，诸多作为实践技能的艰苦奋进，也要合于中庸。

诸如物与我的达通，物质与精神，观物与观我，自我与造化的合一。理与非理；法与非法；我与非我；有心与无心；常与变；旧与新；动与静；抽象与具象；绝似与绝不似；绚丽与平淡；华与朴；巧于拙；文与野；清与浊；美与丑；即与离；雄强与妩媚；刚与柔；温与霸；隐与显；藏与露；放与微；狂与敛；坚实与空灵；乃至于诸多的艺术语言，形式技法奇正，苍润、曲直、黑白、虚实，太多太多……用两极的相反相成，进技为道，归乎中庸，不胜枚举。进技为道，也即是进技入哲学范畴，因为领悟道的智慧积淀，便是哲学。

……

中国山水画艺术历来是缘道而生，合道而发展变化，所以山水画的发展空间是无尽的。

——2004年《关于“中庸”》

中庸乃儒家之本，源于《易》。而《易》乃宇宙之摹本。“物极必反”，所以不能旁涉两边，必须执中。能认识到中庸之高妙，是读书读到境界的证明，能将中庸运用到创作及生活中，乃是心灵活化的证明。如《尚书·大禹谟》所言：“人心惟危，道心惟微；惟精惟一，允执厥中。”此乃儒学心咒，能够执此，则已无患害。贾又福先生对此是身体力行，他的画已经是证明，而且他的话也在证明，在《儒学中庸之于山水画浅说》中，他这样申述中庸之理。

“执其两端而用其中”，之所以为“中道”至理，我个人更注重的并非不偏不倚、平稳调和、淡化与折中的两极矛盾。我特别向往的是从最大限度的两极对立、两极相反的运动中，孕育出两极和谐统一的种子。即以两极相反相成的哲学思维，逆向而求，最大限度地向两极拓展延伸。同时，又强调两极的相依、相佐、相生，“兼德而至”、“并育不害”的高度统一的智慧果。而不是以两极向内调和、抵消、冲淡、磨平，甚至混淆的逻辑推演出来的貌似中正、呆若木鸡的弱智儿。我坚信，执其两极，逆向而求，愈远愈近，愈离愈合的相反相成之理，在哲学思辨的意义上，启迪着中国山水画“进技为道”，不断提升山水画的审美智慧和审美层次。

孔子说的“志于道，据于德，依于仁，游于艺”，其实是在说这个。“游于艺”，是一种自由状态，是道之“活化”，是道的鲜活体现和最后表达。而“志于道”才是艺之目的。“道”是方向，所以是前提；“德”是含蕴，因而具能量；“仁”是遵循，是心灵借助技法的外化。

贾又福先生谓之“进技为道”，是在说技法本质。技法是道的外显，“开千枝花，一本所系”，但花也必须是花，技法不可忽视。技法上如到不了一个水准，很难体道，非但不能体道，或者还是垃圾。但是有些人，技法上已经很好，却仍旧不能体道，仍旧是一堆技法，此何谓也？此即是没能“进技为道”，以为技法只是技法，殊不知，哪怕是菜叶上的一只青虫，在灵魂本质上也是高的。只知技法，乃为愚钝，如盲人不知日，有人以铜锣喻之，自此之后，听到铜锣响，便谓日当头了。因此，心里的那份“志于道”的自觉才是最重要的。

不过，“志于道”的自觉，绝不会凭空而有，愚钝不怕，怕的是顽冥。有谁不蒙昧？这方面不蒙昧，那方面也会蒙昧。但只要有一份至诚，不断凿钝击蒙，刮垢磨光，早晚也会赢得冰雪样聪明。

只有进入到哲学层面或心灵层面，才能占据心灵高度，就如在飞机上俯瞰，则是山如泥丸川如线。也只有到此高度，才能见事物之前际后际，才能知自己之渺小而心胸之阔大，也才会有跳出小我之想。

贾又福先生有“离宗叛道”之论，这也即是他成就的根本。也是所有成就者的必由之路。不是特例，而是遍例。跳出小我即最初的离宗叛道，如孩童初知有我，往往以一根江米条为世界全部，即金条亦不能易。跳出来才知世界之大。跳出小我之后接着即是跳出别人，这别人当然包括古人，古人即是传统，这便是深入的离宗叛道。最后回归大我，回归大我即是离宗叛道的完成。完成之后即自己是宗是道。所有开宗立派之人，都是这样走过来。因此贾又福先生说的：“最大限度地深入传统，是为了最大限度地跳出传统”，“研究透彻之后，紧急规避”，是难得之彻悟！这就是他的离宗叛道。所谓离宗叛道，在深层上说，其实恰恰是合宗合道。任何宗道，都是跳出藩篱，跳到自己这里来的结果。你是一，我也是一，你是你的面貌，我是我的面貌。所谓群峰争峙、众水分流，并无高低、长短，而是比高、等长。“临济喝”天下闻名。临济禅师将示寂，对众人说：“我灭后不得灭却我的正法眼藏。”弟子三圣说：“哪里敢？”临济说：“以后有人问你，你对他道什么？”三圣便喝。临济叹曰：“谁知我正法眼藏向这瞎驴边灭却！”临济禅师有大失望，失望于弟子的原样因循。这已经不是禅了。是在说贾先生，正是离宗叛道，他才恰恰真实地承继了传统文化的真髓！

因此他强调一个“活”字，无论是对待传统文化还是对待传统技法，他要的是那一份精髓，唯有精髓富有机能活便。他这样说：

对东方文化传统，最高境界的追求，是以人的精神为主导，以心灵空间为舞台，以心灵特质为主宰。因之，所谓人艺俱老，最要留意的不是斤斤于笔墨小术。最要紧的是感情的勃发，心性的流美和智慧的升华。最难捕捉的是回环往复，通向无尽的、永远流动的激流活水般，沁人心脾而又无孔不入的活泼泼的生命力。……

由是观之，东方文化的传统通权达变，权是主，变是活。愈积愈厚，愈厚愈深，愈深愈活。儒、道、释诸家学说，无不如是。传统传到了当代山水画，亦逃不出哲学思辨的浸染蕴藉，无论是艺术语言与艺术主体精神，只有活化原有的人文精神之格局，才有可能冲破固垒而不逾规矩，……如此方能成就东方人文精神之拓展，才能真正体现东方文化和艺术特性——生命活性的根本所在。当代山水画创造性的激活不是难在写生与否或题材的冷、偏、奇、异，更不是难在对客观自然物的缜密描写与追寻，而是难在画家主体人文精神的活化，亦即画家将传统人文精神之根激活，使之萌发出新枝叶，开出新花朵。

——2009年《认识传统》

在此篇文章的最后，贾又福先生针对社会上的所谓卫道士，施之棒喝，从而道出活化的真谛。

所谓“捍卫传统”、“固守传统”是奴才的蠢行，伟大的传统不会泯灭，是推不翻的，何须尔等捍卫？只有创造是真正的继承，石涛、八大、黄宾虹、李可染，都不是捍卫传统出来的，起初都被视为异端旁门。他们给历史留下来的同样是无有成法的“活”文化。

活化其实是中庸的最佳体现，非活泼不能中庸，非中庸不能活泼。此理何在？因为中庸是超越，是在两极之上的极大和谐，就如琴之奏雅，巍巍乎，洋洋乎，全在于琴弦的不张不弛。

艺与道，道与艺，到了高境界其实已经难解难分。因此贾又福先生这样说：

以艺探道，以艺法道，以艺布道，这种“道”与“艺”不即不离之关联，亦是中国历代艺术家实践纲领。众所周知，天人合一的艺术追求与“和其光、同其尘”的浑沦说，更是难解难分的了。与道家的“人法地，地法天，天法道，道法自然”都是艺术家作为远大理想来探问寻求的。

从儒家人生的精神境界修证，从人生责任到人生自觉的生命大德，则更容易理解艺术与人生的关系。

艺术上修炼过程与哲学上的修炼过程同路、同步。例如，中国山水画的入，从临摹入，第一步“有法执法”阶段，有法无我——无法有我——非法非我，无法无我（无为无意态妙境）。

——《艺术道路上的四个阶段》

这即是贾又福先生山水画创作当中必须要体悟的三种境界：“苦心、明心、妙心；探道、法道、妙道。”

“致广大而尽精微，极高明而道中庸”，真正的中庸境界恰是不可言说之妙态。

何以言妙？

无止、圆通。

不受任何局限，不固定在一物，不固执于旧我，永远变化、永远发掘不完，超越宇宙意识，都有了。妙！妙道、妙心、妙观、妙趣、妙想、妙用、妙法，诸方聚妙，诸法无常，诸行无我。

尽无尽法门，无尽观。

这是贾又福先生1995年在家中对学生讲的。这学生也真有福，只是不知那学生识得不识得这无价之珠。道林禅师侍者，随师多年，也不见师父说佛法，于是请辞。师问：“汝去何处？”对曰：“向诸方学佛法去。”师曰：“若是佛法，我这里亦有少许。”侍者便问：“如何是这里佛法？”师抽一茎布毛示之。只此一布毛，侍者却恍然大悟。

一茎布丝也是无尽。

有此无尽，便可入大师行列。如贾又福先生所论及。

大家者，古人不可欺之，后人不可追之，前无古人，后无来者，其光辉同日月，千里婵娟，百代可人。……

而程式化是衡量大师创造最直接的首要因素。

古今大师，无一例外地创作出各自的一套高标准艺术程式。这程式绝非前人现成的符号，是翻遍画史而不可见到的、全新的、生机勃勃的程式。因此，我们说程式化是衡量大师创造最直接的首要因素。

就我的理解，程式化有以下几方面应予强调。

第一，经典性：以极富典型性、概括性的艺术语言程式，构成精神景观的

高山彩云图　2010 年

抚琴欲令万山响　2004 年

太行风情图　2010 年

经典式作品。

第二，生命力：极富真切感情的生命活力和微妙变化，绝非概念化的僵死固定的模式，也不是民俗化的、生活化的浅层表现方式或事物品类的差异规范。

第三，独创性：以至真至难的高度创意和独到的高层艺术思想和技能标准为准则，追求诸如形式、形象（符号）等等，达到笔墨、丘壑、精神皆从物我化一、天人合一中来，又为天地所无有。

第四，超越性：从容不迫，举重若轻，出神入化，展现心灵空间之美与大自然之美的合流。它不受地域和时间的局限，广泛地深入人心，焕发着世人的光辉思想和文明追求，因此可以说，它以心灵美、艺术美超越时空，流向人生，流向历史和宇宙。

——1998年《大师一议》

因此所谓大师，不仅是在说技法，而是在说技法后面的道。如花开满树，人人望之灿然，却是要人知道有个春天。

所以贾又福先生，总愿意将自己生生不息之心灵经历，将自己心灵多年凭借，告诉给他的每一位弟子。凭借在深处，虽难以捉摸，却有门径可通。读书即是门径之一。因此他告诫他的学生们，应该养成读书习惯。他甚至嘱咐学生们，“要舍得些时间，带字典”，带字典的意思是不可囫囵吞枣，不可望文生义，看就把书看透彻。凡经典，皆是微言大义，智慧不仅在于文字，更在于字里行间，能于无字句处读书，才算是个真会读书的。释家有言，“依文解义，三世佛冤”，要的不是学问，而是学与问之间啄啐同时的那份默契。

贾又福先生以自己之经验，要大家遍览“儒、释、道”，不可偏废一家，因为此三家乃中国古文化鼎立之三足，缺一不可。此乃中国人心灵血脉，即便不识字之人，其见识也是这三家的。之所以读它们，要的是那份心灵自觉。有了那份心灵自觉，则可成为大人君子。"夫大人者，与天地合其德，与日月合其明，与四时合其序，与鬼神合其吉凶。先天而天弗违，后天而奉天时。天且弗违，而况于人乎?"贾又福先生就有这样的一份殷切，是因为他自己从中受益，而且会受益终生。从而也愿意学生们，须具大人之德，不要只是当个画家。如果只想当个画家，反而当不成画家，即便当成，也必然不是好的画家。

他曾叮嘱青年学子，要舍得三五年工夫，来研究传统，这样才能成就一个真的自我。他把这过程分为四个阶段：首先学会听懂古代大师们的话。他举例说，石涛给友人西玉画了个扇面，题曰:"今我手说，君以眼听，吾不愿使他人得知，公以为然否？一笑。"一个手说，一个眼听，心领神会。如果古人讲课听不懂，那无缘当徒弟。其次通过拜师朝圣，心性提高了，就可以与古人对话、交朋友。三是当对传统有了深层研究，具有真知灼见，就能够真正见识传统中的精华，亦能看清大师们身上的不足与薄弱所在，你才真正获得了发言权。你才能真正能与大师平起平坐，平等讨论。四是即使这样，要想真正成就自我，还须长期广征博采，常年修炼，"一如佛家深山闭关，清心寡欲，竭精至诚，历尽苦难，异立高标"。（见贾又福《"自我"与"传统"》）

此乃贾又福先生真实语，因为他即是这么过来的。"凤凰不是凡间物，不得梧桐誓不栖"，贾又福先生就有这样的抱负，所以他才下死工夫。下死工夫，为的是求得活法，这真的是太难。因此读书其实是形式，同样一袭大衣襟，变出来的戏法却不同。贾又福先生能够将读书活化，能够吃透古人古法，借了很多的光来，照彻的却是自己。他穿古越今，学的到底是个什么呢？他只是做，没有时间说，我只能试着猜：学古人古法，不是学古人的有，而是学古人的无。不是古人那里有什么我学什么，而是看古人那里没有什么，看他是怎么没有的。你看历代高人，或著书立说，或不著书立说，均有济世之功与度人之德，之所以有这些，是源于他们的无，这无乃是心的空灵，智慧就生在这里。此众妙之门，靠什么得到？靠舍而得，且是大舍大得。舍的是什么？一己之私，短知窄见及种种的陈旧与僵死，弃了那狭隘，才得了宽阔。如佛陀那样，天上天下无非我，因此才会，心里心外都是光。儒、释、道三家，均是善道，为什么有分别，分别在舍的程度。如《金刚经》所说："一切贤圣皆以无为法而有差别。"此彻论也。所谓止于至善，其实是舍到彻底而得的那份光明。

能这样读书，才算是读到了古人心里，得了古人的髓。因此贾又福先生总说"无尽"，我猜想他的得，大概也如禅僧所说，"长安虽乱，我国晏然"。而晏然之心，大概也如古琴发出的音，一波一波无尽，向外走亦向里走。虽是无尽，在听者那里，却只是静，静到如春日里的桃花。

对话与领略

在时间的长河中，淤积、湮灭是本然，湮灭不了的，必然灿灿放光。正是这些光明，组成了浩浩文化之流。文化之流，即是生命之流，生命之流，即是机与能。机是道的体现，如灵光一闪，如灵光的屡屡闪；能是能量，有摧枯拉朽之势，有催生护命之功，此乃神明之德，所以唯有顺从，不可拂逆。因此，对此须有大念，不可漠然无视，如果漠然无视，则自己必然漠然无识。漠然无识的结果，是被湮灭，成愚痴泥。

对于一个画家来说，必然的，对于诸神明的着眼点，是在历代画家及历代画论那里。当年贾又福先生在中央美院上学时，即已经在此留心。这是这条线上的光源，是文化之流生命之流在笔墨艺术上的体现。其信息其气息如声波水波，环环不尽。虽是环环不尽，也得有所感，才能与之应。所以这就需要下工夫，需要虔诚，也只有虔诚，才能一开心缝。只有开心缝，才能纳。

贾又福先生眼界阔，纵三坟五典八索九丘也无不愿意涉猎，对本行本工当然无需言说，他是下了大工夫的。他看的东西太多了，临的东西也太多了，“桃红李白蔷薇紫，问着春风总不知”，春风不知，却有人知。知道的人是连春风亦知。

古今画坛，于贾又福先生来说，也如自家庭院，不说他进去，是他从来就没有出来过。此大庭院，住有硕德高贤，画圣画仙，奇才异俊，他恭敬如仪，一一请益，如当年见他的“七星”老师那样，以恭谨感召祥和。他恭谨却又清晰，不盲从，甚至能够跳出来，站在一个高度来看待历代先贤与自己，与之平起平坐，频频对话，既倾听，又叩问，此也是另一种的啄啐同时，是机的对接。已经没有时空概念，因此用不着穿越，直接是心与心的碰撞。

我们来看他当年的一篇《学画笔记》。

明代，恽向，字道生，号香山，明代江苏（武进）人，自题画云：“逸品之笔，笔似近而远愈甚，似无而有愈甚；其嫩处如金（金石也），秀处如铁（浑雄也），所以可贵，未易与俗人道也。”“疏中密，密中疏”是他的见解。乃不二法门也。

明方兴三论画曰：“极苍古之中，寓以秀好，极点染处，见其清空……”

明张风论画：“画要近看好，远看又好，盖近看看小节目，远看看大片段，画多有近看佳而远看不佳者，是大片段难也。”他已认识到整体感的重要和难度。

明末清初查继佐，史学家，画家，浙江人。晚年号东山钓叟，山水师黄公望。其论曰：“画家不善画空（指境界），千古缺处。画是醒时梦，梦成无理却有情，画不可无理，正妙有情。非多读书，负上慧，能做奇梦者，莫望涯矣！”

程正揆论画：“北宋人千丘万壑，无一笔不减；元人枯枝瘦石，无一笔不繁。”

髡残，俗姓刘，僧人，字石溪……湖南武陵人，居南京。自剪毛发，出家为僧，性耿直，寡交谈，禅学修养深，画山水渴笔长，干皴擦苍厚。程青溪与其友善，赞曰："石公慧业为超乘，三百年来无此灯。入室山樵老黄鹤，同龛独许巨然僧。"

龚贤，江苏昆山人。用墨有色沉光清之功。……实处能虚，虚处能实，作画一欲沉实，变求空虚，一欲虚灵，更不忘实之所在。

千笔万笔当有一两笔之简约，一笔两笔当有千万笔之繁茂。

元代：黄公望在"写山水诀"中首先提出："作画大要，去邪、甜、俗、赖"四个字。

（明王绂理解邪的表现："事不师古，我行我法信手涂泽，谓符无趣，其下者笔端错杂，妄生节枝，不明阴阳，不辨清浊，皆得以邪概之。）（无法度，无妙理，无趣味，只有一股蛮劲）

赖是指泥古不化，依赖着人家。王绂说："赖者，藉也，是暗中依赖也，临摹法家，不废依靠，才子弗为。"

清邵梅臣："食古而不为古哽者"，"能与古人合，又能与古人离"。

（俗：故作姿态，不自然，扭扭捏捏，而且华媚，柔细；浮华而柔弱。）（王履说夏圭画粗也，不失之俗；细也，不失之媚。）可见俗与媚是缺乏教养（修养），不知平淡天真，清净，质朴之可贵者所为之。

王绂画跋："有一等人，结构粗安，生气不足，功愈到而格愈卑，是失之甜。"

甜：不知内美者，功夫很到家，但格调很低，徒得外华而无内藏，必然笔墨甜俗。

黄宾虹说："甜是无内在美。"浅薄的功夫活计，谓"功愈到而格愈卑"。

王原祁曾叹道："东涂西抹，将五十年，初恨不似古人，今又不敢似古人，然求出蓝之道终不可得也。"这就是只在前人脚下打转转的结果。离开大自然和现实生活是不行的。当王原祁到过北方和南方，亲历大自然中观照，方得出了"方信古人得力以天地为师也"。

恽南田："笔墨本无情，不可使运笔者无情，作画在摄情，不可使鉴画者不生情。"

"春山如笑，夏山如怨，秋山如妆，冬山如睡。四山之意，山不能言，人能言之。秋令人悲，又令人思，写秋者必得可悲可思之意，而后能为之。”

石涛：“古人未立法之先，不知古人法何法？古人既立法之后，便不容今人出古法。千百年来，遂使今人不能出一头地也。”

“我之为我，自有我在，古之须眉，不能生在我之面目，古之肺腑不能安入我之腹肠，我自发我之肺腑，揭我之须眉，纵有时触着某家，是某家就我也，非吾故为某家也。”

“画有南北宗，书有二王法。”张融有言：“不恨臣无二王法，恨二王无臣法。”今问南北宗，我宗耶？宗我耶？一时捧腹曰：“我自用我法。”

通过这篇《学画笔记》，便可揣摩他当年的学习态度，他是在广博的涉猎中汲取营养。在诸多画家当中，贾又福先生特别看重的有宗炳、董其昌、龚半千、石涛、黄宾虹等等，这是他屡入宝山，根据自己心性悟入，反复筛选的结果。如墙里钟磬，一闻入耳，再不能失。

宗炳

凡绘画者，无不读宗炳的《画山水序》。《画山水序》统共不足500字，虽短，却是长文，意味深长，能够涵盖时空。贾又福先生这样界定它："它是历史上第一篇山水美学大纲，最早提出了中国山水画的崇高审美标准。至今日，没有超越这一审美标准。"

且看开篇：

圣人含道暎物，贤者澄怀味象。至于山水，质有而灵趣，是以轩辕、尧、孔、广成、大隗、许由、孤竹之流，必有崆峒、具茨、藐姑、箕、首、大蒙之游焉。又称仁智之乐焉。夫圣人以神法道，而贤者通；山水以形媚道，而仁者乐。不亦几乎？

此乃真高标，一下子就把自然山水提高到了形而上层次，成为道的载体、道的体现。形而上与形而下通过道而浑化。道不可言，以山水言之。

山之有形亦有象，何谓山之形？有平有险，有急有缓，有争有让，有近有远，有高有低，有深有浅，有明有暗，有直有转……形色万端，莫可尽述。何谓山之象？即是上述山之形给人的感受，山给人的感受是无尽的，是难以言说的。说雄浑、说险峻、说连绵、说苍莽、说细腻、说清澈……千山千姿，万山万态，移步换景，感受亦换。见高山一个高字不可能说尽，见险峰一个险字也不能尽说。因此有种种比喻，说高山如猛虎，说苍山如海，说春山如笑，等等。用比喻就是因为难以说尽，这种说不尽即是象。有象即有息，说不尽的其实是息。息是生命，在不断生长，因此是活的。活的即是说不尽，只有死了的东西能够说尽。山有生机，不用说山能育众生、养众物，有幽松老桧，虎豹狼虫，即使仅是石头，也有着无尽生机。因此宗炳，举出古圣贤与古灵山之关联，神仙只合在深山，只有深山之灵气，能够使其“虚其心，实其腹”。关于山，如苏轼诗：“横看成岭侧成峰，远近高低各不同。”

水亦如是，有形有象。水的形是不定，随方就圆，随曲就弯。其象却是无限：晶莹、浑浊、欢快、浩淼、激荡……老子讲“上善若水”，似乎已把水的好处说尽。佛家也说水，更深刻。理与事，菩提与烦恼，一与二，无非即是水与波。能把水与波的关系说清楚，即把佛教的精义说尽了。永明延寿大师这样说：“如全一大海，在一波中，而海非小。如一小波匝于大海，而波非大。同时全遍于诸波，而海非异。俱时各匝于大海，而波非一。”关于水，如黄山谷诗：“当处出生随意，急流水上不流。”

因此宗炳论画，开门即见山水本义。

宗炳爱山水，“余眷恋庐、衡，契阔荆、巫，不知老之将至”，但他的爱山水，是爱山水气息于心神的涵养，他真的想如出家人那样，隐居在山水深处，修身养性，以期超越。然而他只是个居士，“愧不能凝气怡身，伤砧石门之流”，只好取其次，“于是画象布色，构兹云岭”。

他是在山上写生，在此论中，他具体地描写了自己作画的过程。画成之后，应该很得意，因此说出了作画之时自己与山水之间的相互感应与契合。

夫以应目会心为理者，类之成巧，则目亦同应，心亦俱会。应会感神，神超理得。

宗炳在说感应，“应目会心”，若是用心看，即能看出山水本质，不仅能感知到山水的形，还能感知到山水的象，还能感知到山水的息。心目一体，就必然会“应会感神，神超理得”。什么叫“神超理得”，即是得了山水的深奥，已经“见山不是山，见水不是水”，自形得意了。这得意之山水，才是艺术上的真山水，心灵上的真山水。

于是闲居理气，拂觞鸣琴，披图幽对，坐究四荒，不违天励之藂，独应无人之野。峰岫峣嶷，云林森眇。

荒野无人，只有自己，或者还有琴有酒，调整好自己的呼吸，使之与山水共，然后捧看自己的画，会有什么样的感觉？你是我，我也是你，山水已经是画，而画却是更好的山水，自然山水与绘画山水都由心灵来统领，来含蕴，真的是三位一体，此殊妙之境，真的是好，说不出来得好。所以他大发感叹：

圣贤暎于绝代，万趣融其神思。余复何为哉？畅神而已。神之所畅，孰有先焉？

他在说什么？他在说，我用不着抱愧了，虽说未能出家，若是真想修行，则何必分形式？绘画不也是修行么？所有圣贤，都以无为为法，都是为了“畅神”,“神之所畅，孰有先焉?”真的还不敢说哪个更好，哪个更有效呢！

中国画是修行，山水画尤其是。画家与修道之人的修为，只是方式的不同，都是在颐养身心，圈囿欲望。行者不画画，但心中有真迹；画家画画，也须心中有道。画家的画，不过是心迹的表露，或者说是验证心灵的从容程度。因此传统山水，崇尚孤寒，闲山野水，寂寥空旷，纵有屋宇，也只几间，纵有闲人，也只二三。“刚被世人知住处，又移茅棚入深居”，画里的山水，只宜静修。不是画里的山水只宜静修，而是山水画是画家静修之后的心境写照。

贾又福先生为什么崇尚宗炳？盖在宗炳说的是心法。贾先生是在多年的苦学中，寻觅来寻觅去，正是宗炳的一句：“含道暎物”、“澄怀味象”，如电光石火，划破贾又福先生思想的长空，于是得大欣喜。

他归纳宗炳,“在于明确了以下几点”。

(1) 对审美内容（或叫审美本体论）的高度认识，即“山水质有而趋灵”，充满趋近灵动不息的道体。

(2) 提出了崇高的审美标准（即审美观）,“以神法道”，重在物我的精神感应。“万趣融其神思”。

(3) 明确了审美方法，实践论：澄怀味象，应目会心，应会感神，神超理得，类之成巧。

(4) 归结得出了审美功能论：畅神使山水画的功能价值提高了。

畅神：①畅，通也，通必能容。即使自我通达于道，更深刻地认识道。②

使灵魂得到陶冶。③使精神得到宽慰。

——1985年《宗炳和石涛在中国山水画理论上的卓越贡献》

宗炳画理，为中国山水画创作升起一轮杲日，照彻古今。为什么是宗炳，而不是别人？原来这宗炳（375–443年），乃隐逸之士，从不以世事为意，夙以“栖丘饮谷”为得意，“凡所游履，皆图之于室，谓之‘抚琴动操，欲令众山皆响。’”这样一直到老，逸兴不歇，惟恨身疲，于是叹曰：“老疾将至，名山恐难遍睹，唯澄怀观道，卧以游之。”所谓卧游者，乃心观也，非澄怀不能即事。妻罗氏之死，给他以大打击，也给了大醒悟，他意识到生死之事才是大事。于是到庐山依从慧远大师，“远和尚澄业庐山，余往憩五旬”，并作《明佛论》。能作论者，于佛法不仅有大信心，且定然有证得。慧远公结白莲社，共有123人于东林寺阿弥陀佛像前“建斋立誓，共期西方”，其中有南阳宗炳。宗炳还是东林寺十八大贤之一，这18人，共有12位法师、6名居士。

宗炳是实修之人，“尊其道，信其教，悟无常，空色有，慈心整化”（见《明佛论》），心地洞然，因此有高见地。

贾又福先生也知照这一点，他说：

宗炳提倡“以神法道”，即以思维着的精神去探求感应，乃至体现大道的真质，它强调物我之间的精神感应。重立神而不废道。这不能不令人赞叹，至今不减光辉！……

还需深一层认识，宗炳……在家学佛，他以佛道之道，作为儒道与老庄之道的旨归，总结为“以神法道”。……从他的卧游，便可知他的观照方式绝非肉眼看世界，他重视心镜内照，与乃师慧远所言“鉴明则内照交映，而万象生焉"，一脉相承。内照之于艺术，则直指精神境界。

——1998年《啃一啃宗炳的〈画山水序〉》

贾又福先生说宗炳"以思维着的精神去探求感应"，此真搔到了痒处，他的"以神法道"、"澄怀味象"，其实也是感应所得。因为宗炳于感应有大体悟。据载，跟着远公念佛的这123个人，临终皆有瑞应。所谓念佛，即是以至诚心来感，诚心感得佛心动。心是真的，佛即是真的。安养国虽远，亦是一念即到。

董其昌

晚明董其昌，才华横溢，诗文、鉴赏、书画，无一不精，且还是禅者。性情也是好的，《明史稿》中说他："性和易，通禅理，萧闲吐纳，终日无俗语。"他的书画作品充满了简淡、灵秀之气，后人这样说他："自由落墨，任情恣性，如天际真人般洒落一片清明。"董其昌有《画禅室随笔》遗世，说书说画亦说禅。应该说，他是先有了禅，才有的书画与书画论，有禅之先，也可能有书画，但那时书画定然不可同日而语。

先说董其昌的禅，我读他的《禅说》，每每会心。关于真妄，他这样说：

地水火风，四大和合，假生我身。四大各离，妄身当在何处？此《圆觉》吃紧语。然离妄无真，真该妄末，妄彻真原。斩头觅活，无有是处。

这位佛门居士不只是文字禅，且有证悟，如他在《禅说》中记载：

余始参竹篦子话，久未有契。一日于舟中卧念香严击竹因缘，以手敲舟中张布帆竹，瞥然有省，自此不疑。从前老和尚舌头，千经万论，触眼穿透。是乙酉年五月，舟过武塘时也。其年秋，自金陵下第归，忽现一念三世境界，意识不行。凡两日半而复，乃知《大学》所云“心不在焉，视而不见，听而不闻”，正是悟境，不可作迷解也。

董子是在参话头。竹篦子乃竹策，宋代省念禅师曾对着前来参问的禅僧，竖起竹篦子说：“叫竹篦子即障，不叫竹篦子即错，叫它什么？”禅僧因此得悟。董其昌亦来参，话头未参契，却在竹竿上敲出了大境界，即一瞬间，“千经万论，触眼穿透”。可见董其昌不仅是个懂禅的，而确实是个行禅的。站在这个角度，看他的书画及书画论，即会明白好多。看他几则《画诀》：

士人作画，当以草隶奇字之法为之。树如屈铁，山似画沙，绝去甜俗蹊径，乃为士气。不尔，纵俨然及格，已落画师魔界，不复可救药矣。若能解脱绳束，便是透网鳞也。

画家六法，一气韵生动。气韵不可学，此生而知之，自有天授，然亦有学得处。读万卷书，行万里路，胸中脱去尘浊，自然丘壑内营，立成鄞鄂，随手写出，皆为山水传神矣。

李成惜墨如金，王洽泼墨渖成画。夫学画者，每念惜墨泼墨四字，于六法三品，思过半矣。

这其实也是禅法，或者是以禅眼看画。他要的是那份真，要的是内求，要的是“脱去尘浊”和技法魔界，而作“透网鳞”。此“透网鳞”，若作禅讲，则是逃脱欲望之羁绊，而出三界六道也。

他所说的“一超直入如来地”，不说次第，应该是从悟入的那一刻说的。这顿然“直入”与费尽工夫的“丘壑内营”，并不矛盾，或者说是一回事。没有渐悟，哪有顿歇？即便六祖，他让我们看的是当世的熠然放光，累劫的用功谁见了？所谓上根利器，不过是浮在水面上的冰山一角，而潜着的才是大的。

果然，董其昌的《禅说》中有说到“一超直入如来地”的话，却也不是他说，而是引用禅语。并且说出了自己的一番见解，那一番见解，恰是更加圆融了“一超直入”的说法。

诸禅师六度万行，未高于诸圣，唯心地与佛不殊。故曰:“尽大地，只当人一只眼。”又曰:“吾此门中，唯论见地，不论功行，所谓一超直入如来地也。”然普贤行愿，毗卢法性，足目皆具，是为圆修，不得以修与悟作两重案也。

“足”是修,“目”是悟。修时须下大工夫，悟时却是一刹那。他要的是“目足皆具”，既要有“毗卢法性”，又须具“普贤行愿”，见与行齐，行与见等,“不得以修与悟作两重案也”。

再一处说到“如来地”，是在《画源》，那是在说仇英的工笔重彩，非常吃工夫，因此说“盖五百年而有仇实父”。董喜欢仇的好，却发现自己不能，不如写意画来得淋漓。大概正是在此意义上他才说：“譬之禅定，积劫方成菩萨。非如董、巨、米三家，可一超直入如来地也。”

董其昌是个现象，非常复杂的现象。既有时代的原因，更有个人的原因。关于董其昌，贾又福先生有好几篇文章论他，各有侧重，表现出来的也是一种复杂。

贾又福先生之所以能够论说董其昌，一是因为距离，二是因为高

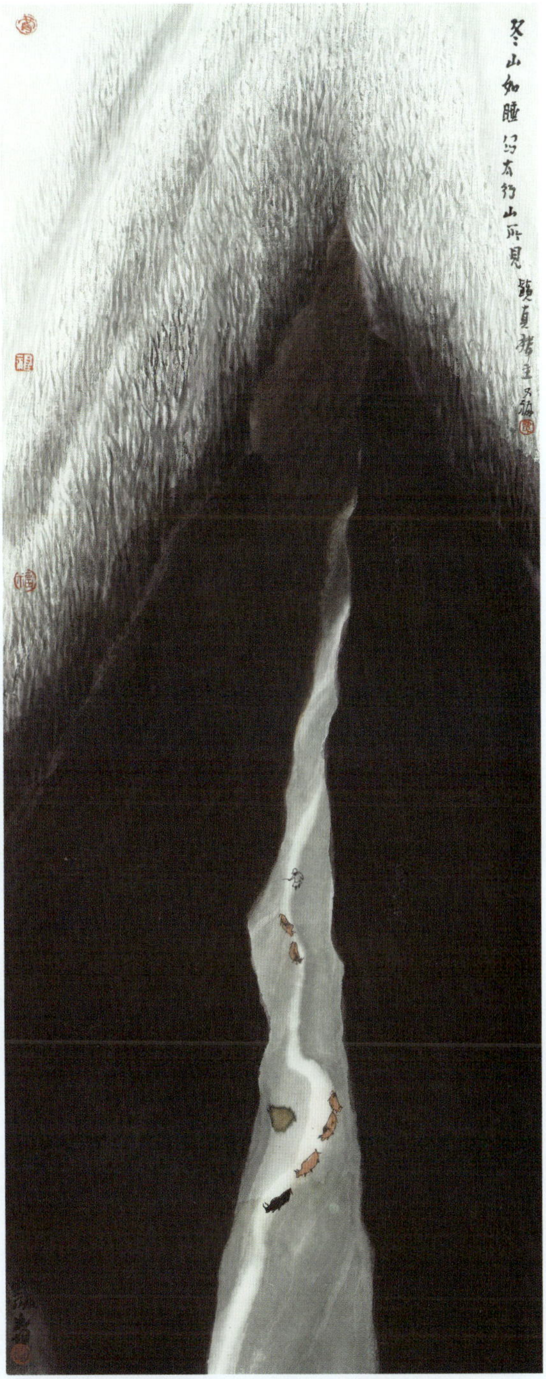

冬山如睡　1991 年

我与明月共徘徊　1985 年

霜晨月

度，再是因为认真。他评说董其昌，是为了汲取，不是为了摒弃。但汲取时必然有摒弃。取与舍的态度，看取的是眼光。将牛黄与牛粪放到一起，拾粪老汉绝对不捡牛黄。

董其昌能够将后人撩拨到现在，说明他并没有想撩拨，他自己只是自己。错也是，对也是。后人说不尽他，只是因为他值得说，其实后人说不说干他何事？但不说又不行，因为与后人有干。后人想绘画，只要认真，都逃不开董其昌。好比司马懿过西城，即便空无兵马，因为有诸葛亮在，便会有一场戏。

作为一个懂禅又懂画的人，应该说，董其昌是多么向往“一超直入如来地”啊。其实禅传到东土，很快灿然起来的恰是“一超直入”。从二祖到六祖，还有后来的祖师们，哪个不是棒喝之间得悟？云门、曹洞、临济诸宗诸派，或细腻或锋利，都有醍醐灌顶之畅快。出了一位神秀，稍微慢了点，就被当成了反面角色，一直在反衬着禅。若没有快捷和不假方便，也就没有了禅。为什么呢？因为禅，要的即是春季里明花开启的那一刻，“自从一见桃花后，直到如今更不疑”。这样的情形在印度并不多见，起码不是这样见。不是因为东土人都是上根利器，而是因为中华古文化已经将人心锻炼到了相当的程度。禅被完全中国化了，应该说禅被中国化了之后才有了中国画，真正意义上的中国画都应该是禅的，是禅的思维的。所以才有笔墨之说，笔墨千说万说我也不会说，但我知道其根本处在于“一即一切，一切即一”。它的相对性，它的超越性，它的高处的无对错，它的不讲道理时的大道理，等等，都是禅的。所以说，董其昌即便错了，也有应该被原谅的一面。何况不见得是他错，而是后人错。

董其昌的对在于他既懂禅又懂画，董其昌的错也是在于他既懂禅又懂画。他是想把禅家的开口便笑拿来直接与绘画对接。岂不知，有的人能对接，有的人不能。这只是他的一厢情愿，或者他自己也未必能够实行。他的画，让现代人看来略显轻灵与浮逸，除了现代人的逐物迷己、情执过重之外，应该说董其昌也有他的可讨论之处。

贾又福先生对于董其昌，是复杂对复杂。他几次想说清楚董其昌，但到底说不清。其实说不清才真是说清了也。如果能说得清董其昌，董其昌还是董其昌么？说不清的董其昌，才真是董其昌。因为他有禅在。知其不可而为之，这便是贾又福先生的可爱之处。即便说不清，他也要说，为什么？因为他得对自己负责。关于董其昌的“一超直入”，一生信守苦学厚积的他，觉得董其昌似在轻描淡写。因此他举出董其昌在《画旨》中描述自己的学画经历，证明董其实是苦学的：

由此可见，董其昌所言“一超直入如来地”，不如说他借助于参禅的心性修养及诗文、书法之功底，将古人现成的笔墨程式更加条理化。符号化、系统化、单纯化，而且墨明境清，所谓“玉肌冰骨”者。似此，对于前人现成笔墨程式的再运用并加以凝练、且技艺高超，尤其是墨明境清有静气，这便是董其昌在绘画上的贡献（质言之，所谓“玉肌冰骨”，是指淡墨晶莹透彻，古雅秀润，清泠明洁；和谐、缥缈，可谓一片清光静气，通体皆明，而又飘然有仙气），由此成为文人画坛的典型主宰人物之一。

——1995年《继承传统》

贾又福先生这是在为董其昌开解，即说他的苦修，又说他的善于总结与吸纳，不然不会有董其昌。贾又福先生是对的，顿悟与渐修其实是个因与果的关系。如我们见滔滔浊流，知此是黄河；及到了青藏高原三江源头，却不识得那涓涓清溪其实也是黄河。一个人也如是，一生看是如此，多生看又如何呢？别说董其昌下了很大工夫，即使不下工夫，也不能说明他没有下过工夫。

但贾又福先生到底对董其昌笔墨上的太过“轻灵”感到不对劲，猜想他消极。这也不错，贾又福先生有他的站点。此站点是，轻描淡写，虽到极致，让别人意识不到生机所在也是不好的。生活、社会、民众等等的，从来是沉重话题，既然要载道，就应该如《论语》所说：“天下之无道也久矣，天将以夫子为木铎”，砰然有声才是。而且，也果然，有后来人学董其昌，只是学了外在。由此贾又福先生说：

> 董其昌在画坛上的影响，应该说主要是消极的，绕过积劫苦修的艺术磨炼，淡化对大自然深层的观照，漠视独到的思维和创造精神。他的徒子徒孙“大四王”“小四王”就更加暗淡无光，可见其负面不能低估。
>
> ——《继承传统》

这是贾又福先生的殷切处，他怕后人传染。所以他还说把“四王”请出课堂，因为现代人已经够“聪明”，浮皮潦草或可为认为是“一超直入”呢！董其昌是一高峰，但“在山泉水清，出山泉水浊”，自己这里的泥潭，或许被认为是个应该。因此贾又福先生不主张过早的在课堂上讲授董其昌。正是因为董其昌高妙，因此也得须几分高妙才行。

李可染先生曾说，徐悲鸿最讨厌董其昌的画，说它没有生活气息，没有人间烟火，公式化。可李可染先生还说他自己是研究过八大山人后才认识到董的高明。八大山人是从董其昌来的。

这些话我一直记得，多年来，我给学生上传统课，一直不主张临董其昌，原因是年轻学生，不可能很快理解董的思想背景和以禅喻画的根源。但毕业后要留意研究。董其昌修持禅观，心照山林，用明墨写得清境的那一瞬，便成就了他的山水画在画家史上的永恒（这一瞬或说一悟来之不易）。

这便是哲学上的一瞬与永恒的关系……

永恒即是因不同时代的人都能领略刹那的光辉而返归一瞬。

——2006年《认识董其昌》

贾又福先生此一番话，何其透彻。虽然透彻，却仍是个说不尽。说不尽的透彻，才是真透彻。

这里插进来董其昌有关“南北宗”的话：

禅家有南北二宗，唐时始分。画之南北二宗，亦唐时分也。但其人非南北耳。北宗则李思训父子着色山水，流传而为宋之赵干、赵伯驹、伯驌，以至马、夏辈。南宗则王摩诘始用渲淡，一变勾斫之法，其传为张躁、荆（浩）、关（仝）、董（源）、巨（然）、郭忠恕、米家父子，以至元之四大家，亦如六祖之后有马驹、云门、临济，儿孙之盛，而北宗微矣。要之，摩诘所谓云峰石迹，迥出天机，笔意纵横，参乎造化者，东坡赞吴道子、王维画壁，亦云：吾于维也无间然。知言哉。

董其昌的“南北宗”之说，也是人人尽知的一桩公案。贾又福先生看明白了，说他其实是一笑话。但后人却不当笑话听。这就是要人不得轻易开口，开口即有后患。这里表露的依然是董其昌对禅的向往，东坡居士之所以也说“吾于维也无间然”，也是因为禅。此二位同是禅客兼诗客还兼书画客，所以相见会心。王维之诗与杜工部之诗，都是诗。“明月松间照”与“老病有孤舟”，哪个好呢？都好，但不能说哪个比哪个更好。不能比的东西，拿来比就是个错误。

对于董其昌的书画，我喜欢却不懂。喜欢如我的听鸟鸣，不懂也如我的听鸟鸣。我只是喜欢董其昌的禅，也许正是因为禅，他的画才少了烟火气，没有了所谓的生活气息。其实我们所说的生活气息，亦即人的，而不是仙的，更非佛的。烟火是只有人间才有。古山水画的孤寒旷远，恰也是对于人间烟火的背叛，和对空灵之境的向往。董其昌有其高妙，只这高妙，后人看起来，也各分轩轾。这也如月在当空，也喜人，也恼人。喜人是因为光明，恼人也是因为光明。“四王”学董其昌，是一个面貌；龚贤学董其昌，是一个面貌；八大学董其昌，是另一个面貌。不在师父，而在徒弟，在徒弟的眼睛和领纳功夫。

贾又福先生不让学生临董其昌，不是董其昌不好，是怕不到境界把个董其昌理解得不好，理解成了自己的董其昌，则不免偏颇。而他自己，愈是到后来，愈能认识到董其昌的高妙。

但贾又福先生又让我知道，董其昌高则高矣，但他的笔墨肯定也因为因循前人而显出过多的聪明，从而给后人误解到笔墨可以这样轻描淡写，毫不费力。其实这恰是董其昌的禅。想董其昌也不一定欲后人学他，但后人偏要学他。董其昌入了禅境，因此清灵是本然。也正是入了禅境，勘破尘世“诸法皆空相”，于是“收拾起山河大地一担装”，只顾自己在禅境里，凭习气留些书画，“畅神而已”，其实其真意早已不在这上头。

龚贤

多年来，贾又福先生一直在鼓吹龚贤。他喜欢，也愿意别人喜欢。之所以喜欢，是他从龚贤身上发现了高妙之处。贾先生曾这样说："学习研究中国山水画者，不深探宋元之董、巨、范、李、黄、王、吴、倪，清初不深探四僧一龚，不可与之论高下。"

龚贤（1618—1689），字半千，这位明末清初画家，"性狷洁清僻"，才大欺天，孤愤于世，他自己说："忆余十三便能画，垂五十年而力砚田"，但其一生，却是"家什随身裹，诗篇作枕眠"，"朝耕暮获，仅足糊口"。到晚年，更是清贫潦倒，最后竟是"殁无棺殓"。但他相信自己的笔墨，之所以号"半千"，是说五百年后必有识者。其实用不了五百年，即便在当时，亦有识者。石涛曾为之题画："倪黄生面是君开。"查士标也在龚的画册上题："昔人云，丘壑求天地所有，笔墨求天地所无。野遗此册，丘壑笔墨皆非人间蹊径，乃开辟大文章也。"后来的张大千、黄宾虹等也望而瞠目，张大千说他："浑朴沉雄，半千绝诣……"黄宾虹说他："矩矱森严"，"高超之甚。"

如今有贾又福。贾先生之所以对龚半千高看一眼，是源于自己对艺术的不安分。因为龚贤，敢跳出古人，跳出条条框框，敢跳到自己这里来，来他个“法法本无法”，独创出自己一套笔墨。如龚贤自己说：“我用我法，我法尽而我即为后起古人。”敢把自己居以古人，如果不是狂妄至极，即是清醒至极。正是在此处，贾又福先生与之惺惺相惜，愿意与之把手同行。

关于龚贤，贾又福先生屡屡为之张目，并有长文《我爱龚半千》总结他，于艺于人，已经非常完备。通过此文也能看出贾又福先生的心海波澜。

贾先生从四个方面总结他：

一、开天辟地的“黑龚”画风

龚贤在艺术风貌和艺术语言上，确如他自己所说，是“前无古人”的。他的山水画，从白到黑，从简到繁，从历历分明到浑沦神秘、深不可测，经历了长期艰苦的探索过程。从早年的“白龚”经“灰龚”，发展到晚年的“黑龚”是不断升华的过程。在中国山水画史上，创造了前代任何山水画家都不曾有过的苍黑、深沉、浑厚、丰郁、正气堂堂而寓有奇趣，大方端庄而又难窥其隐秘的山水画新风貌。简言之，笔墨由淡到浓层层复加，多遍厚积，浓郁的画面黑到惊心动魄，厚与黑到最大限度，龚贤乃是第一人者。

此是画坛上的“厚黑学”，贾又福先生既得浑沦之心，自然喜爱浑沦之墨，所以“黑龚”肯定让他惊喜。“黑龚”如黑色闪电，照彻天空那样照彻贾又福先生的心灵。正是他促使贾又福先生跃入到一个高层次上，来俯瞰笔墨的黑白辩证，探问“大道曰反”之理，最后悟知明暗同体之无失无得。如果说在龚贤那里黑尚属技法范畴，那么在贾先生这里，黑却是心灵上的自在，是在用黑白来演绎绝对状态下的黑白无异。■

二、超凡的精神境界

细读龚贤的画，我们感受到他高尚的人格和他的独特的美学品格。拓展了他笔下山水之精神境界。他做人心地淡泊，不逐名利，作画却感情真切，性命攸关。……他的每一幅作品都具平静心、平常心，但同时又是森严法、高境界，真正“无为无不为也”。他性情高洁，超然不群，不与贪官世俗同流合污，不齿于礼法之间周旋钻营。他追求自由、超脱、宁静、邈远、大自在的精神境界。他对大自然的向往和对田园生活的满足，使他笔下的山水林木，清泠却不死气沉沉，孤高而无傲世之态，苍黑深沉而并非浑沌、郁闷和压抑，奇妙、虚幻而又与生活相亲，令人向往。他提出“耻图尚画”的口号。他讨厌图解真实景物式的山水，人物、舟车之类。他的山水画几乎无人迹出现，深恐人的形迹限制了山水精神。……神思飘荡、来去自如、不固止的精神漫游，才称得上诗情画意，才可能通向无边无尽的大境界。这实乃自觉或不自觉地超越时空、宇宙意识的流露。

贾又福先生在说龚贤，也差不多是夫子自道。正是在此精神境界上两个人息息相通。也只有在心灵上息息相通，也才会在画面上进入到相通的境界。龚贤的画已经有了个无尽意，贾又福先生的画，呈现的也是个无尽意。其大无外，其小无内，有此一浑沦，便可浑沦到底，因此无屋宇、舟车、树木之类。如《冲破固垒》《无欲之门》《洗礼》等，那种纯然的如量子力学如数学公式如八卦符号也如佛教的“一即一切，一切即一”，也如庄子的“天下之大莫大于秋毫之末”。它是内照的结果，如看微尘的内部结构，依然如宇宙般浩渺无穷光色纷呈，如处处舟车、屋宇，却处处无舟车、屋宇。不过，并不是凡无舟车、屋宇即是无尽。可能有人会错会，也学着贾又福先生的样子画出满纸黑白，虽然满纸黑白，却与无尽无涉。所以，贾又福先生有时会在鸿蒙山水之间，点缀上具象的人或物，但这具象，仍旧是个无尽意。无尽意不是技法上的，而是心灵上的。只有精神境界心灵境界的超凡，才会有技法上的超凡，这时的技法已经不是技法，而是意象。

三、高层次的美学理论

作为一个开宗创派的大手笔，龚贤论笔墨别有高处："墨气中见笔法，则墨气始灵；笔法中有墨气，则笔法始活。笔墨非二事也。"这是笔墨运用到高级阶段的深刻体会。……最为可贵者，是他开创了浑沦之说。……认为真浑沦并非一片模糊，"惟笔墨俱妙，无笔法墨气之分，乃真浑沦矣。"他给胡元润的信中说："画十年后，无结滞之迹乎？二十年后无浑沦之名矣。无结滞之迹者，人知之也，无浑沦之名者，其说不亦反乎？然画家亦有模糊而谓浑沦者——非浑沦也。惟笔墨俱妙，而无笔法墨气之分，此真浑沦矣。"这是一段非常了不起的文字，可谓是"大道泛矣"。道破了中国山水画以特有的笔墨表现大自然规律，由无到有，再由有到无的恍兮惚兮的境界。

相反相成，从来都是，只是世人不知。还是在昨天，有拳师教我拳术，说凡下沉必有上拔之意在，凡上拔，亦必有下沉之意在。拳有八面浑圆之意，应该是四野八荒无不照顾到，掤、捋、挤、按、采、挒、肘、靠、进、退、顾、盼、定，密不透风，但却须臾不忘守内。拳脚伸展是外在，所有伸展其实是内力使然。是外是内？是外亦是内，是内亦是外，内外一如也。如春日之树，上发枝叶，下必伸根须，上下同功。如花朵，花瓣外舒时，却有真气内聚，以凝种子。

绘画上的浑沦之于清明亦是，大清明与大浑沦竟然是一回事。如果不到大清明，则浑沦也不是浑沦，而是模糊。贾又福先生读老庄，得的即是个"反者道之动"，他所说的哲学之思，也是在说这个。在哲学里，也只有这个最深刻。懂得了这个，所有技法也才有生命，所谓提按、疾徐、深浅、强弱、刚柔、疏密、黑白、生熟、死活等，所谓锥画沙、屋漏痕、折钗股等，所谓笔法墨气，无不是在说相反相成。得了这个即得大自由、大自在。有人说贾又福先生有墨无笔，我谓此语为幽默无比。贾又福先生不是不要笔墨，是已经不以笔墨为意。如大拳师，比划起来，一点也不好看，却被好看者佩服。好看者尚在外形，内在者无意于好看与否，是连显示之心也没有了。

四、严密、科学、系统的课徒画稿

自魏晋至清初，历代大画家之中，有画论传世者不乏其人，而有个人授人真传课徒画谱，而又最值得称道的只龚半千一人而已。……如果说《石涛画语录》以其深奥的哲学精神而光照画坛，那么龚半千课徒画稿则以高标充实、严密、科学、系统的艺术实践苦功，探索艺术规律，并将其高层次的创作心得及艺术手段的隐秘难能之处，深入浅出地公开讲解示范给初学者，真正可谓“矩矱森严”、“授人真传也”（黄宾虹语）。……书中有待重点审慎研究者之一，是极为严格地把握用笔用墨层层复加，从最淡加到最浓，其中点、皴、染的和谐关系从一遍加至几十遍，至神秘、浑沦，似天成莫知其巧。

孔子讲仁，仁，即是想着别人，“己所不欲，勿施于人”，“己欲立而立人，己欲达而达人”；佛家讲发菩提心，菩提心即大心。多大？“无缘大慈，同体大悲”，不讲条件，我即他，他即我，自他不二。龚贤肯将《半千课徒画说》予人，显示的是君子之德。他也师从董其昌，在师从董其昌的笔墨之时，应该也师从了董其昌的禅。其实，能够将笔墨走向浑沦，不在道家那里，定在佛家那里。

贾又福先生赞扬龚贤，也是其来有自。贾又福先生乃中央美院教授，其课徒方式与200多年已大不同，学生很多，师生之间的关系也非昔日可比，但授受之道依然：师是师，徒是徒。这一点若是乱了，则师不师，徒不徒。贾又福先生爱心深厚，他的那些文献，比龚贤多，留下来不为自我炫耀，而是给学生及后人以启迪。他不遗余力地给引导学生读书，把自己的笔记公之于众，不仅把成功之作留下来，且也把写生画稿、草稿悉数留下来。对，就留经验；错，就留教训。他的最大的贡献，是让学生们不要迷信，不管是谁，越是名师，越是光芒万丈之处，越要避开。说避开也不对，而是研究透彻，看他是如何光芒万丈的，从而自己也须光芒万丈，而不是将自己湮灭在老师的光芒中。这一点释迦牟尼是榜样。释迦佛之所以伟大，便是他觉悟到众生是佛。他要人信，信根不可缺，“信是道源功德母”，但要人信的不是释迦，也不是某一位神灵，他要人自信，坚信自己是佛，“心、佛、众生，三无差别”。所谓平等法，是在心性上平等，这就与迷信划清了界限。所谓信佛，信的是这个觉，信的就是这个不迷信。

贾又福先生靠借光为生，儒家光道家光佛家光，只要是光，他都借。借来点燃自己。他也把借来的光，再加上自己的光，再点燃别人。

并非贾又福先生比别人高明，他只是把实话一句不落地告诉给了别人而已。

石涛

石涛的画论、画作，在画坛上，应该说人人在看。石涛对画家的影响巨大，好多人在学石涛。但是石涛不是学的，石涛也是学不来的。也不是学不来，而是看怎么学。石涛是一尊佛，为什么是一尊佛？因为他有“一画论”，他的画表现的都是“一画论”。所谓“一画论”，就是在说他的心。他的画就是他的心的具体呈现。

如果不从这方面学石涛，而只是学他的笔墨，学他外在的山水，学得不像，不是石涛，学得像，也不是石涛。

我觉得这么说比较有意思，石涛的《苦瓜和尚画语录》，就如佛家的《金刚经》，有拂铁如泥之利，能开发人的智慧。

而石涛的画，则如佛教《百喻经》，故事背后才见圭旨。

贾又福先生从石涛这里，却也“一超直入”，直接参看释迦偈语：“法法本无法，无法法亦法，今付无法时，法法何曾法?”

石涛的话，直接从佛偈中脱出，只是他不是说禅，而是说画：“至人无法，非无法也，无法而法，乃为至法。”“法于何立？立于一画”。

一画之立，在于一心。因此贾又福先生说：

“一画”的重要性在于它由心性的发而明，到达法性的显而立，是长期艺术艰苦修炼的结晶。从不自然到自然，从有为态到无为态，既体现了画家的本来面目，又接近了“一任天然，平淡天真”的真如境地，使区区画艺，合于大道。这当然是从艺者的理想境界。

——1992年《关于石涛之“一画”》

石涛最知道艺术是干什么的，因为他是出家僧。且听他一偈：

书画非小道，世人形似耳。出笔浑沌开，入拙聪明死。理尽法无尽，法尽理生矣。理法本无传，古人不得已。吾写此纸时，心入春江水。江花随我开，江月随我起。把卷望江楼，高呼曰子美。一笑水云纸，图开幻神髓。

僧人本色，不为画画，是为脱生死的，以生死为底色，画画即也不是画画。其实自古以来，包括儒家，礼、乐、射、御、书、数六艺，表面如散珠，其实却由一线穿系，这一线便是道。道才是生命线。佛家所有变相、塑像、故事、戏曲、绘画、梵音法乐、仪仗等，都是为了表法而设，无不庄严郑重。看了敦煌莫高窟，便知佛家无俗情。这是因为无方向的尘世是不对的。现在有好多从艺者，即以为尘世无方向，所以自己无方向，表现出来的东西所以无头绪。贾又福先生即从这里得石涛真髓。读贾又福“观化山水”，便感知到明确的方向感，那便是心灵的清净本然。因此他领略石涛，着眼即在高处。

石涛标举的“一画之法”蕴涵了天地间“众有之本，万象之根”，更重要的是揭示和运用了世人不易知之的“以神法道”的物我精神感应活动。正如他说：“见用于神，藏用于人，而世人不知。”以精神之光，视照万事万物，以人的心灵主宰笔下的“山川人物之秀错，鸟兽草木之性情……”惟其如此，方可做到：下笔从容自信，毫不勉强，举重若轻，一任天然的自由把握。确如石涛所说："人能以一画具体而微，意明笔透，……动之以旋，润之以转……能圆能方，能直能曲……如水之就深，如火之炎上，自然而不容毫发强也。"才谈得上"以无法生有法，以有法贯众法"，顺理成章。

由此观之，石涛自豪地断言："用无不神而法无不贯也，理无不入而态无不尽也……一画之法立而万物著矣。"之所以光芒所向，直指人心，实乃是一个苦行者的探道箴言，其中有甘苦，耐人寻味。我斗胆地说，"我道一以贯之（石涛语）"的豪言壮语，其中旨奥，非过关者不能知之。

——1992年《关于石涛之"一画"》

以心灵之光烛照万物，万物则也成心灵显示。而心灵之光的显现，则须放下尘缘，断除欲望。断除欲望很难，却又非断除不可。欲望如虎，若不断除，即被虎吞噬。其实有猛虎处，亦有蔷薇。蔷薇不是另有，而是猛虎所化。关键是识知，知道了猛虎之患，则蔷薇含苞。因此千难万难却是个放下。还是董其昌说得好："若要做出头人，且须放开此心，令之至虚，又令之极乐。一切过去相、现在相、未来相绝不罣碍，到大有入处，便是担当宇宙之人。（见《画禅室随笔》）认真看取贾又福先生的生活戒相："不执牛耳，不争席位，不担虚名，不沾黑钱，不赶风光，不凑热闹"，便知他的努力方向。也因此他有《无欲之门》画作，阐明物欲与心狱之关系。

跟禅师之间逗机锋一样，不管石涛竖竹篦子还是竖手指头，贾又福先生都会会心而笑。他知道石涛在说什么。他且也把自己的竹篦子每每竖给人看，只是不知道谁能懂得。

黄宾虹

探天地大象之幽微，
发宇宙鸿蒙之玄奥，
凝百代笔墨之瑰萃，
创独家精魂之神奇。

读黄宾虹晚年山水画作如是观。一般读者不易解读黄老笔墨之奥妙，主要是难于从黄老的学养入门，黄老的学养门径太深，浅味不知其香，貌似粗疏，实则微茫。尤其是晚年作品，其画理尽在哲理中，一笔一墨皆能谙合相反相成的至高审美规矩。其老笔纷披，如打马盘桓，八面凌风，出神入化，其正反、向背、入出、顺逆、提顿、平挫、聚散、即离、刚柔、阴阳、千端妙相，贯一真如，无一点拘泥和造作，一任自然。笔尖而苍，笔秃而秀，万毫齐力，扛鼎贯虱，举重若轻，既沉实且空灵，既凌厉且丰腴。最妙在多遍复加，层出不穷，层层变、层层联、层层醒、层层迷。笔笔清新，似轻敲璞玉声脆，笔笔苍莽，又似浑金落地。千笔万笔亦繁亦简，尖而不尖，毛而不毛。接笔关捩，在即在离，在黑在白，无处不灵，无处不活……乃至一气呵成，浑然一体，仙气缥缈，随风入云，绝难言尽其妙矣。

——2012年《看画册读书》

此乃贾又福先生对黄宾虹的评价，说了这么多，最后还是“绝难言尽其妙矣”。说不尽的黄宾虹，为什么说不尽？贾又福先生说因其

“学养”。学养太深，难知其奥。看黄宾虹如看黄宾虹之画作，也是个说不尽。现在画界好多人痴迷黄宾虹，不迷则罢，一迷绝对出不来。无论是道法还是技法，都让人应接不暇。黄宾虹其实是中国文化的集大成者，只是他是从画上体现：相反相成，知白守黑，阴阳互变，一波三折，不齐之齐，不似之似，乱中有大秩序，黑中见大光明。“动如天马行空，静如老僧补衲”，动，是静极之动，静，乃动中之静，“干裂秋风”，而又“润含春雨”……，此中有《易》，有老庄，有对历代画家的继承与超越，然而他说他是“师造化”。所谓“师造化”，是对宇宙间万事万物的体察与省悟，不但是对自然山水，更是对人世。虽早年就已经立定“事金石书画”的方向，几十年间却似乎不以书画为意，而是在人世经磨炼。他曾抗清，曾参加革命党，曾当编辑，事事做得认真。做事多，作文多，读书多。多年之后，才有“青城坐雨”与“瞿塘夜游”的奇遇，人人司空见惯的“雨淋墙”与“月移壁”，于他来说，却是笔墨上的大醒知。这时却已经是70岁，然而，对他来说，似乎时空都不是问题，他自有从容在。人生上他也是“知白守黑”，不画画时恰才是真画画，到了动笔墨的时候，却只剩下了个“一任天然”。省悟是随时随处的，甚至晚年患眼疾，瞳孔上的模糊，却一样能成就他在绘画上的浑沦。

他留下的遗产太多：诗、书、画、印，还有画论，还有长寿。

如他所说：

画之为学，包涵广大，圣经贤传，诸子百家，九流杂技，无不相通；日月经天，江河行地，以及立身处世，一事一物之微，莫不有画。非方闻博洽，无以周知；非寂静通玄，无由感悟。

香山公园写生　1962 年

临摹石涛作品　1963 年

论画山水之始祖宗炳。所谓圣人以神法道，而贤者通，大涤子可谓通人也。又所谓应目会心为理者，类之成巧，则目亦同，心亦俱会，应会感神，神超理得。又谓圣贤映于绝代，万趣融其神思，余复何为哉，畅神而已，神之所畅，孰有先焉。石涛可谓解人也。一九六三年临，一九八七年装裱，不华堂又福记

江南写生　1972 年

这即是随处有省知，以画入者，处处是画。以诗入者，处处是诗。诗者画者是为了入。入什么？入道。万物以一道统之，万物以一心贯之。

还有：

穷笔墨之微奥，博通古今，师法古人，兼师造物，不仅貌似，而尽变化，继古人坠绝之绪，挽时俗颓败之习，是为神品。

这是绘画之关钥，博古通今不算，算的是“而尽变化”，不变不行，不化更不行。变是为了化，化从变中来。泥古者确乎为泥，淤滞顽冥。能变化才是活，活的才能变化，所以又称活化。不化如金石，化者如水火。水火以无形为形，但内里有不变。如“急流水上不流”，如“飞鸟未尝动也”，不变的是个什么？真心。我心真诚恒定，才会有不变前提下的处处随缘。

这一段或者更能针砭时弊。

画者未得名与不获利，非画之咎。而急于求名求利，实画之害。非惟求名求利为画之害，而既得名与利，其为害于画者尤甚。当未得名之先，人未有不期其技艺之精美者，临摹古今之名迹，访求师友之教益，偶作一画，未惬于心，或弃而勿用，不以示人，复思点染，无所厌倦。至于稍负时名，一倡百和，耳食之徒，闻声而至，索者接踵，户限为穿；得之非艰，即不视为珍异，应之以率，亦无意于研精。始则因时世之厌欣，易平昔之怀抱；继而任心之放诞，弃古法以矜奇，自欺欺人，不知所止。甚有执贽迎门，辇金载道，人以货取，我以虚应。

黄宾虹所处时代，于今大异，他尚有此说，可见名利害人非今日始。但名利害人于今为烈，已经有好多有才华的人几成活尸。黄老之言，乃大药一服。

现代人迷恋黄宾虹的技法，他的技法也真是妙。如“五笔”说：

一曰平，如锥画沙；二曰圆，如折钗股；三曰留，如屋漏痕；四曰重，如高山坠石；五曰变，参差离合，大小斜正，肥瘦短长，俯仰断续，齐而不齐，是为内美。

还有“浓、淡、破、泼、渍、焦、宿”，七墨说：

“浓墨要黑而有光，光清而不浮；淡墨要平淡天真，咸有生意，出没掩映；破墨要以浓破淡，这样才能新鲜灵活；积墨要自淡增浓，墨气爽朗，墨中有墨，墨不碍墨；泼墨应手随意，倏若造化，宛若神巧，而又不见墨污之迹；焦墨要干而以润出之，干裂秋风，润含春雨；宿墨要不见汙浊，方能益显清华。”

还有阴阳勾勒法、点法、染法、拨镫法、不齐三角弧、用光等等，无不是活化之法，因而独特、奇妙、难以言说，因此迷人。

但黄宾虹的技法仅是技法么？若是仅在他的技法上用力，是连皮毛也学不到，即便学到了也是个皮毛。与骨与髓无涉，皮毛何用？

贾又福先生一眼看透，说黄老的根在学养上，学养，以学来养，养的是心灵。心灵失怙，游魂谁顾？

读黄宾虹，就如读中国史，从中能知中国心。

何为中国心？哲学省思是，澄澈心灵是，慈悲喜舍是。失了这个，即等于失了中国心。

贾又福先生也迷黄宾虹，但他迷的是黄宾虹的学养和由此带来的心灵的澄澈。贾又福先生亦步亦趋，亦步亦趋不是在黄宾虹那里，而是在自己这里。他把自己做成了，也就等于真的学到了黄宾虹。

贾又福先生的业师李可染，直接学的即是黄宾虹和齐白石，黄、齐二翁乃中国现代国画大师，从他们身上即可体察中国绘画史到底是一条怎样的因果链。历代每一位画家，他们的成就有其内因，也有其外缘。现在在说贾又福先生，他有其内因，而历史上的这些人就成为他的缘，好比他是一架葫芦，而水、肥、阳光、雨露与风与蜂蝶等等，都来成就，于是花果应时。

贾又福先生深知自己努力的方向，他从宗炳、董其昌、龚贤、石涛、八大、黄宾虹、李可染等人那里，发现了什么叫伟大，什么叫恢弘，什么叫深刻，于是，他自然就想成为他们。但他又深知，自己是不可能成为他们的，即便真成了他们也没有意义，他只能成为自己。真成为自己，就能与他们平起平坐，能够平起平坐了，也就等于成为他们，就是说，他们那里又多了一位。这一位就是自己。他们是由一个一个的自己组成，一人一个面目，各有各的光芒。

这就是贾又福先生苦学厚积的内在原因，他苦学厚积，勤奋无比，却从来苦的是地方，从来不用自家的砖砌别人家的墙头，恰恰相反，是在用别人家的秦砖汉瓦、金刚琉璃等为自家起楼架屋。虽然楼是自家的，装成之后的却是天下的一统江山。

由此他感恩，感恩每一位古圣先贤、诸子百家，感恩历代的每一位画师，感恩每一位对他的思考对他的绘画实践特别是对他的“以石观化”有过帮助有过启发的人或者事。一草一木，一砖一石，对于一个聪慧的人来说，都不是虚设的。就如女娲补天，从来没有多余的石头。多余出来的一块，是用来日后写《石头记》的。

他为什么要“以石观化”？他“化”的是什么？用什么“化”？到这里就已经有答案了。如果有不明白的，那就问宗炳，问董其昌，问石涛，问八大，问龚贤、黄宾虹等人，或者还可以问佛陀。

为什么问佛陀？因为有公案：

世尊示随色摩尼珠，问五方天王："此珠作何色？"时五方天王互说异色。世尊藏珠，复抬手曰："此珠作何色？"天王曰："佛手中无珠，何处有色？"世尊曰："汝何迷倒之甚！吾将世珠示之，便强说有青黄赤白。吾将真珠示之，便总不知。"

第五章

以石观化与自我超越

生命线猜想

终于说到贾又福先生本人。前边的几章当然也是在说他，但是说的是事，现在说人。

我猜想贾又福先生，即便见了他我也不问他的实际。我愿意他活在我的猜想里头。这猜想里的他既非他，也非我，却也又是他，又是我。我猜想他的童年，定然是个非常听话非常聪慧的孩子，聪慧而不外在，表现出来即是听话。既然聪慧不外在，因此在人们眼里只剩下老实。那天我们到了肃宁县城贾又福先生的老家，见了他的二哥二嫂，他的同学刘铁珊，他的小学老师李秀琛，听了些陈年老话。竟然跟我猜想的一样，说他老实听话，且会画画，无师自通的那种。老师为了贾又福姐姐上学的事去家访，看到贾家屋里泥墙上贴着的画，画的是一匹马，说是贾又福画的。李先生说才五六岁的孩子，竟能画得这样好。让他来上学吧。贾又福就这样成了李先生的学生。李先生当年才17岁。学校占的是文庙的房子，复式班，贾又福最小，坐在头排。李先生不懂画但懂得因材施教，他鼓励贾又福画，美术课美术作业不必说，地上墙上随处可见贾又福的涂鸦之作，他是见马画马，见鸡画鸡。无论老师还是同学公认他画得好，因此过“六一”节或者结业放假等机会，都会发给他奖状或奖品。即便这样，他也从来不傲气，依然听话，依然成绩好。李先生已经八十多岁，说起贾又福来似乎又回到当年。

初中、高中依然喜欢画画，曾得到朱濂、薛玉璐二位老师的点拨。后来即考入中央美院。

贾又福先生性情内敛。惟内敛者能爆发。不见过年放炮仗？纸筒卷得紧的，才最响。但性情不是学来的，是与生俱来，老家把这叫三岁看老。贾又福先生在大学，不用说仍旧是好学生，依旧是听话。

听谁的话？听老师的话，且老师都那样高，声名赫赫，在以前都是梦里的人物，如今见了，却也平常。惟这平常，才是不平常。大人物都这样平常，故作不平常者不是大人物。以本色示人的老师，最眷顾的即是听话的学生。不是老师最眷顾，老师也许注意不到，特别是一开始，老实学生总是被活泼的学生遮蔽掉。但听话的学生不待老师眷顾，就已经很感动，如春日里桃花，太阳不单单照桃花，但桃花却以为太阳是在单独照它，于是不敢不灿烂。及到灿烂时，春天才被感动。老实学生也这样，是慢慢被人发现，是在某一天，老师突然注意到，哎呀，这里还有这样一个好孩子！看贾又福先生日记就知道，宗其香先生、何海霞先生、李可染先生等后来都以特别怜爱特别赞赏的眼光看贾又福先生，说这个学生最用功，晚自习时总是最后离开教室，凡老师布置的事情都完成得最好。他总是在临呀临，画呀画，或是看书，没有周末的概念。平日是与同学们一起在教室，周末即是自己一个或几个人在教室。到老师家，也总是带着问题去，门都不敢扣得很响。见了老师总有几分拘谨，不知说什么才好。自己问完老师，就等着老师问自己。老师问一句，就答一句。老师不问，就默默坐着。不像机灵学生那样，跟老师是见面熟，常常哄得老师高兴。

再是听谁的话？听自己的话。能够听别人的话的人应该也能够听自己的话。但也未必，有的人只是听别人的话，但从来不知道有个自己。这样的人不是本分人。本分人是先听自己的话，然后才听别人的话，他是把别人当成了自己，所以才尊重，像尊重自己一样尊重别人。老师更是，他是把老师当成了自己的榜样，是自己的向往，是方向里的自己。所以表面看是在听老师的话，其实是在听自己的话，是听未来的自己的话。本分的人有选择，不是什么话都听，合乎自己内心的话才听。不合乎自己内心的话即不听，虽不听也不反驳。他总是在思忖，或者连思忖也不是，只是在默默消化。其实你也别说谁都愿意听自己的话，不是这样的。人其实最不听自己的话。表面看，调皮孩子总是不听别人的话，其实调皮孩子最不听自己的话。他连自己的话都不听，也就别指望他能听别人的话。不只是调皮孩子，人差不多都这样，包括不敢跟别人调皮的人也敢跟自己调皮，人最跟自己较劲。较劲一辈子，最后死在与自己的矛盾里。真正的聪明人，是永远知道有个正确的自己，这个正确的自己，或者暂时还不在自己这里，而是在老师那里，或者在书本那里，或者在别人那里，于是他就拼命地把老师学过来，把书本上的东西学过来，把别人学过来。我想贾又福先生就是这样的一个人。

上一章即说他读书，那是他在参另一个自己。

哲学一线：从《周易》、老庄那儿开始，诸子百家然后朱熹、陆九渊、王阳明等，还有莫测高深的禅，《五灯会元》里的那些公案，从来没有读懂过，但从来都能从里头懂好多。

人文一线：《尚书》《论语》《大学》《中庸》《诗经》《离骚》《古诗源》、汉、魏、晋的三曹、陶渊明、谢灵运、唐诗宋词、《文心雕龙》、唐宋八大家，等等，这条线是人生平行线，似乎离自己的生活或者生命最近，一句“君子慎其独也”，便能立即用在自己身上。一句“清晨闻叩门，倒裳往自开”，便立即欣喜不尽，似乎能听到“砰砰”的叩门声。

画论一线：顾恺之、宗炳、谢赫、张彦远、王维、荆浩、郭若虚、邓椿、黄休复、李成、李澄叟、郭熙、黄公望、董其昌、文徵明、李日华、笪重光、石涛、龚贤，等等，此是安身立命之线，在某句话里可以直见性命。如黑枣树嫁接柿子，柿子码直接插入，见血见肉，从此两个生命合成一个，能够感知到深刻所在。不同于嫁接的地方在于，凡是直见性命的话可以反复读，隔一段时间再读即有另一层意思。它是根据读者的深度来显示深度，读者有多深，它就有多深，永远是量身定做。

还有一条线，这条线是贾又福自己。他得听自己的，他得把这三条线上的东西弄成一个，需要融汇、贯彻、举一反三、消化吸收，最后变成自己的血肉。这才是大工程，化学工程，即把学到的东西化开。这个工程是随时的，不用单另起炉灶。他在学习之中，在听课的时候，在读书的时候，不管听的是啥课，也不管读的是啥书，咀嚼之时，即是消化之时，即是杂糅之时。

这不只是在大学期间这样，只是大学期间尤其是这样。大学里已经养成了习惯，以后的岁月就是按习惯行事了。直到现在，他也离不开书，他也离不开思考。他随时要消化一些东西，随时吸收一些东西，随时摒弃一些东西。这样的几条线，集束在一起，像电缆一样，组成贾又福先生的生命线。而绘画，不过是生命线上开出的花朵，就像老家的大麦熟花，开得繁而又繁。开花是生命的极致体现。

我猜想贾又福先生是个大的革命家，但是他的革命不是把世界推倒重来。贾又福先生是连自己都不推倒，他只是坐着不动，但轰轰烈烈的革命已经爆发。他的革命是在心灵内部。“文革”中有一句话叫做“灵魂深处爆发革命”，这一句用在他身上也许正合适。他心灵里有好多爆点，只要有零星火种引发，即引即爆。比如石涛说一句:“我自用我法”，那么，贾又福先生这里即会隆隆响好几天。再比如宗炳一句“圣人含道暎物，贤者澄怀味象”，贾又福先生这里不是隆隆响了，而是沉寂好几天，好几天在思索这句话，直到这句话不再是一句话，而成为自己的生命结构。这种内在的革命才是真的革命。

为什么贾又福先生喜欢读《五灯会元》？那一个个公案，记录下来的即是禅人自我革命的典型案例。禅，即是静虑的意思，“外离相曰禅，内不乱曰定”，定不下来，即是不净，不净即是有杂染，有杂染即不是纯粹的自己。只有当自己与心成为一体，不再是两张皮时，就定静一如了。因此学佛修禅就是个寻找自己的过程。但自己却又极难找到，于是禅僧踏破芒鞋，四处参访，问明眼人，自己到底在何处。只有找到自己的人才能知道自己在何处，包括别人的也知道。于是开悟的老和尚以各种方式，或独特语言，或典型行为，来为寻访者指明方向。但这又不是找一串钥匙那样简单，在没有认识自己之前，即便你指给他看，他也不识。于是禅师们就与参访者捉迷藏，不能说，又不能不说，说了等于没说，没说恰是说了。在这捉迷藏之间，突然就发现有个我在那儿，亮闪闪，于是得大欣喜。

所谓开悟，就是看到了自己的本来面目。

贾又福先生没有直接参禅，他只是绘画。但绘画与参禅也有相似之处，他也得找到自己，即便找不到真的自己，也得找到一个相似的自己。

所有真正的画家，都是一人一个面目。为什么一人一个面目？因为这关系到心灵，只有心灵之作才是自己的。只有心灵之作才是自由的自在的自然的，就如自己面目，与众不同。自己的面目不管好看难看都不是照着谁努力长出来的，而是一种放松状态下自然而然的结果。因此我写字时曾笑言，如果我写不好，不是我努力不够，而是不努力不够。这句话能够听明白的不多。努力尚且不成，何况不努力！努力是自然的，技法也是必需的，这里说的不努力，是只有经过努力的人才能明白。

贾又福先生是努力的代表。他是真努力，努力到了不用努力的程度。已经成为了一种生存方式。他的那些书那些画，都是努力的结果，也是努力到不用努力的结果。所谓游刃有余。所有的努力都必须有方向的，方向是前提。如果不是朝着自己努力，而是朝着别人努力，哪怕他是王羲之是曹仲达都是错的。更何况有的人是朝着名利努力。朝着名利努力，可能会有名利，名利是我的，可是谁是我呢？

这方面贾又福先生最有发言权，他这样说：

我常谓：无心当于有心得。笔有气，必有苦其心志之劳，方能得矩度、得妙理、得难能、得高标；有心常于无心发。无执著、无挂碍、无污垢之心，方能发真性、发境界、发意趣、发自在。古曰：善有心者，当能无心；欲无心者，须持有心，此乃一心不二圆通法门。

——2004年《艺术创作必须有一个良好的心态》

“瓢者”释义

老子曰:“……复归于朴，朴散则为器。”

石涛说:“太朴不散，太朴一散而法立也。”

“朴”是什么？是道。道无形无相，难知难见，不能为我所用。比如天，虽大，也不能裁成谁家的锅盖或者屋顶。然而,“无用之用乃为大用”，谁敢违背或者轻视这无用的东西，准遭殃。因此说到道，有一句话:“顺之者昌，逆之者亡”。

道虽无形，却附在样样的事物上，支配事物走向。道到了事物上即是“散”，事物即是“器”。

“朴”还是葫芦。道不可见，只好拿葫芦比喻。葫芦如道，在没解开之前，没有用。“朴散而成器”，如葫芦之解成瓢。瓢即是器。

贾又福先生自号“瓢者”，并非说自己是“器”了，他是借葫芦说话，亦即没有用，呆、痴、愚、憨、傻，若瓜。

他大概没有想到有“太朴”的意思。“太朴”自己也从来没有想到“太朴”的意思。若想到了，即已经不是“太朴”。

贾又福先生用的是老子的另一重意思:“众人熙熙，如享太牢，如登春台。我独泊兮，其未兆；沌沌兮，如婴儿之未孩；儽儽兮，若无所归。众人皆有余，而我独若遗。我愚人之心也哉！俗人昭昭，我独昏昏。俗人察察，我独闷闷。澹兮，其若海；飂兮，若无止。众人皆有以，而我独顽且鄙。”

用现代的语言意译出来即是：所有的瓜都灵透可爱，唯独此瓜傻！

贾又福先生傻么？那得看谁看。他自己以为傻，一是自嘲，二是感叹。本来不傻的人为什么傻了？皆因背景变了。人心不古，古人心憨，所以说朴厚、朴实、朴素。古人就活在憨心里，“巧言令色，鲜矣仁”，太伶俐者靠不住。连老子都说“我独闷闷”，在众人都憨厚的时代，老子还能让人感到“闷”，可见其“朴”到什么程度。但是老子得道了，靠什么得的，靠“傻”。不但老子，“一切贤圣皆以无为法而有差别”，所谓无为，即首先不做虚假之事。不做虚假之事，在世人眼里即是憨人。世人所谓的聪明，说到底其实是虚假。看贾又福先生如何“傻”：

> 《礼记·中庸》有这样的话：“人一能之，己百之；人十能之，己千之；果能此道，虽愚必明，虽柔必刚。”这一条尤其适合我。我打算在深入太行山上面下到别人不能做的工夫，吃到别人不能吃的苦。十次不够二十次，二十次不够三十次。
>
> ——1984年《谈为学方法》

这是30年前说的。30年之后，他已经50余次深入太行。

他还说：

当然，在艺术高峰的攀登路上，荆丛小道需自家苦心开辟。吃苦、历练是最起码、最不值一提的事。画画的人没有不苦的。关键是要在学会吃苦，学会把苦吃在要害处。

——2009年《我的学画之路》

他的无用功下大了，在某些画家眼里，临摹或许有用，读书就值得怀疑。读画论或许有用，读诸子百家等等的有用么？读一遍或许应该，何必读多遍？还有画画，不是已经得奖了么？不是已经卖钱了么？不是已经供不应求了么？何必还要孜孜矻矻、不知休止地苦自己？休息、享乐、悠闲……此类字眼生疏已久，更别说奢华、沉湎、放纵了。如他自己所说，他是在“须臾不忘三问”，是在“为无为，味无味，事无事”，是“苦修厚积，随迷随觉”。等于说，他是在自寻烦恼，自寻艰难。不是一天两天，一年两年，而是几十年如一日，“形单影只，八方踝躞，四处怅望。一个大千世界的乞食小儿，期待大化的恩赐。然而，筋疲力尽，望断倦眼，却看不透那如烟的迷途”“墨点、汗珠、点点滴滴，苦不堪言”。“如今古稀之年，依然战战兢兢，为人为艺不敢稍有懈怠”。（见贾又福《迷途探真》《勿须多说》）

我的作品大多是平庸之作，画的成活率很低，全部是探索，大部是失败。如果极少部分稍有一点点特色的话，那也得来非易，是苦心孤诣求索的结果。常常是整整十个钟头，精神高度集中画了一天，最后是苦痛、疲劳、沮丧、叹气，一屁股坐在椅子上不能动了。但当重新振作起来，获得成功时，认真总结一下，前面失败的价值就得重新估量，所谓甘苦自知如是。

——《总结草稿》

是在死中求生，果然“瓢者”。

也亏了是“瓢者”。他若是不“瓢”，也就不会有现在的贾又福。

世界是为傻人准备的。精明者也真得利，但得的都是小利，甚至不是利，只是他自己以为是利。这也没有什么奇怪，吃草的牛羊，从来不喜欢金条。世上事物没有好坏，只有识与不识与识之高低。

只有“瓢者”以“朴”为宝。贾又福先生说:“夫画，乃艺术之末端，然则，作画一事，亦当有辛酸泪下荒唐言，愿人解，或有不解处，于我，必当更下工夫。苦既啖，愿再付，复何求?”（见贾又福《谈话篇序》）“愿人解”，人却不解，其实这恰是世事常情。此世界，不知另一个世界的事，所谓曲高和寡。因此到后来，贾又福先生也不管有人解无人解了，他将作画之事，作为圣事，即是把绘画与修道视同一途了。而修道，即是大“瓢者”所为。贾又福先生的那两句话:“天地人才问圆满，诗书画品觅无量”，即是他常说的无尽意，无尽意即是所有修行人寻觅的方向。无尽意在哪里呢？觅来觅去，却无觅处。无处觅还要觅，这即是苦处。因此伶俐者不觅。

贾又福先生的“以石观化”，是寻觅的结果。

夏虫夜唧，蜗行有痕。我的艺术探索乃是顽固、笨拙、默默地向前爬行。

——1999年《蜗行有痕》

困兽犹斗，困人如何？要把自己看做一个被困的人，最大的困难是我们被困在包围圈内，我们头上，我们周围都是大师包围着，二师三师不必管他。要冲出包围圈，就要看准他们用何武器的优势和劣势，从而选准突破口。

没有现成的平坦大道，靠自己辟路登攀。

——1988年《困兽犹斗，困人如何》

余于艺途苦行五十余载，曾有志三次办展，十年一次，谓之一剑三磨。

兹录前诗：

十年磨一剑，一剑再三磨。
画坛开险境，笔扫老病柯。
顽俗尽惊倒，旷世唱新歌。
峰高聆大风，谁解此中乐。

——2009年《一剑再三磨》

借此可见贾又福先生苦觅之一斑。

磨剑过程即是苦难淬砺过程，也是成器过程，成器与经受苦难其实是一回事。也有不是一回事的时候，那即是经受不住苦难、自己崩了盘。一旦崩盘，不但成不了器，连自己也毁了。就如瓷器坯子，若烧不成，连坯子也不是了。因此人生中的苦难不是坏事，从来不是，能忍受即是好事，能主动承受、承担就是大好事。

伶俐者从来不愿承受苦难，所以伶俐者无好事。

贾又福先生是“瓢者”，他不只是承受，他是自寻苦难，主动、热切，把自己这块铁放在自己的砧子上用自己的重锤猛击。

即在这关键时刻，人快到绝望的时候，突然境地一转，会恍然有悟，哪怕只有一芽痕，也预示春天开始了。人生即这样：险处见风景，绝处逢生。及到真明白过来，才知道原来所有的寻觅不过是骑马找马，纵一日千里也是枉然。但是若没有这枉作的工夫，则更是枉然。事情就是这样怪：寻觅不对，不寻觅更不对。真寻觅到了，不由失笑，原来回头即是。方向错了，则千里难寻；方向对了，则不动寸步。张无尽有偈说赵州和尚：“赵州八十犹行脚，只为心头未悄然。及至归来无一事，始知空费草鞋钱。”

贾又福先生寻觅到了，他寻觅到了个什么？你问他他也不说，他不是不说，而是说不明白。但他心里明白，人一旦明白方向，即一下子明白了前世今生。

死生之变

然而当一个“瓢者”何其难，难在与整个世界不合拍，因此要想当一个真正的“瓢者”，就得时时警醒着，有时还得一遍遍叮嘱自己：

暗下决心，不必张扬，本无大才，更不能露才显示自己。扎下去，既然已经定下“择一而从”的大计，就别反顾了……

苦人所不能苦，练人所不能练，感人所不能感，得人所不能得，造人所不能造——我这里的人所不能，先不敢说达到的高度，先说的是下苦功干起来，有点成效别犯晕……

——1984年《自励》

画家若转磨之驴，偶觉徒劳，或有所警惕，亦有驻足大叫变法创新之态，然智不逮前贤，勇不逮后生，或为物欲所迷，恨不占尽豪华风流，怎能吃得下苦，终以其无奈，复踏陈迹耳。

——《名误》

我有几句反省自己的话，也是约束自己的话。

不学阿谀、奉承、讨好之媚眼。

不说动听、空洞、无聊之废话。

洗礼图　2007 年

不装潇洒、气派、风流之丑态。

不齿机巧、缺德、露脸之怪事。

……

画格以人格出之，人格之外无画格，画格以内无非人格。

——1992年《关于人品》

就这样反复叮嘱，文字上的叮嘱起座右铭作用，心灵上的叮嘱更是随时的。人多怪别人不听自己的，这时应该问一句，自己听自己的了么？这样一问就应该明白了。自己都不听自己的，何况别人！

人在欲界，总有欲望勾诱，总感身心疲惫。享乐多好，轻松多好，懈怠一点又有什么？比起别人我已经相当好，已经努力这样久，歇一下，只一下。人就是这样，不断地与自己挣扎，挣脱自己对欲望的束缚。这也如江河，随时想着向四处恣肆，只是无奈于堤坝。叮嘱就是加固堤坝。

收敛再收敛，学着古人的样子，学着老师的样子，每日三省，须臾三问，自己逼着自己，终于跨越了一个台阶，终于跨越了无数台阶，声名鹊起，鲜花四面，似乎功成名就，的确也已经十分疲倦，歇一下如何？贾又福先生到了60岁，感而怀之：

最好的榜样是齐白石、黄宾虹、李可染诸先辈大家。

最大的愿望是拓展山水画与哲学之契合。最大的遗憾是孤身奋战，有诗为叹曰："天下谁知问岳楼，问岳楼中有人愁。咫尺顽石观大化，时章纷杂耻同流。"

最大的敌人是悄然而至的麻木和惰性。

——2004年《六十感怀》

依然是在提醒，防备打盹，先给自己一警策。不要麻木，不要滋生惰性，不要被称扬声迷醉。知道有高处，因此有愿望。已经感到孤独，所以有遗憾。悲欣交集，所以有诗篇。

“咫尺顽石观大化，时章纷杂耻同流”，这首诗的字面意义谁都懂，我读字面背后的意思。

“流”者谁？为什么耻于为伍？这“耻”当然是“耻”一些心思很脏的人，但是，从深处细想，则也是“耻”自己，另一个自己。这个自己，还是计较的自己，还是分别的自己，看到蛆虫很脏，从而生厌恶，说明距离不够远。再远些，则可生怜悯，再远些，则可予以救拔。正是心里还把那些纵流之辈当回事，所以才与之抗衡。与之抗衡，则说明自己与之对等了。

又过十年，到了70岁，贾又福先生有《七十岁自恃》：

不执牛耳，不争席位。
不担虚名，不沾黑钱。
不赶风光，不凑热闹。
苦行、低调、寡言、孤奋、特异、坚持、锁定、从容、淡泊。

这就有意味了，几个“不”字，就把自己隔离开了，自己已经不在“禽流感”那边，洁身自好也是一种境界，虽然还不是最高境界。

这依然是叮嘱，是盯紧了自己的反复叮嘱。

他这么说：

大凡画画的人，无有不知石涛的豪言壮语“我之为我，自有我在”，……然而须知，令“真我”命笔，令笔下生辉，这往往只是一种愿望，一丝情怀或一时的理想。作为画家的我，数十年的探索，深感“我之为我”何其艰难！找到自身的真我并坚持独立的人格，独诣的智慧，独标的文采，何其不易，又何其可贵！常常因了脚跟未站稳，精神未立定，非难、压力、干扰，诸多莫名的困惑、难题，一哄而来……假如屈服了，假如和时流保持一致，随之“真我”泯灭、死亡，……所以，“我之为我，自有我在”很可能成为一句人人皆知的伟大的空话。

——2011年《伟大的空话》

这也是叮嘱，这叮嘱也太深刻，太一针见血。

有哪位画家不想成为石涛？之所以未能成为，不是因为不想成，而是做不到。绘画不是理论上的，不是知见上的，而是实践上的。这也好比禅，禅从来不是禅学，佛也从来不是佛学。若是当成学问，就错会了佛意。不止是错会了佛意，还会把自己这尊佛耽误了。禅是参的，佛是证的。绘画也是修行，即便不是修行，也是向着修行的方向，是向着自己内心走。但是在向着自己内心走之前，是根本不知道有个自己，于是必然先寻觅，所有的寻觅都是向外的，名人的、古人的、笔墨上的，等等，而且须踏破铁鞋。无数个夜以继日，无数个柳暗花明，无数个死里逃生，无数个今是昨非，好不容易寻觅来的都是宝物，都是名人、古人奋斗了一辈子得来的真东西，于是万分珍惜。知识的积累，经验的获得，像是砌墙一样，恐怕砌得不结实，钢筋混凝土或者还加上糯米汤。可是，谁能料到，这竟然是个错误。不砌墙是个错误，砌了墙依然是个错误。砌不结实是个错误，砌结实了仍旧是个错误。突然有一天要翻越自己砌的墙，或者说拆掉自己砌的墙，当初精心建构，现在狠心拆除。自己否定自己，自己跟自己过不去，自己把自己打翻在地，说起来容易，真做起来特别难。但不做还真不行，杏核不腐，新杏不生，此也是一轮回。每一次轮回都是自己超越自己的结果。在无数次的超越之后，还会有一次方向上的总调度，但新方向却又不很清晰，有的只是感觉，感到了应该，就好像已经到了广州突然明白北京不在这边，回头去依然万水千山。这即是难处。一时把握不住自己，怀疑与向往丛生，欣喜与恐惧同在，义无反顾与踟蹰不前的竟然是同一个人。这是个过程，不是这样明晰，更不会这样有理性，现在的文字写出来很轻松，实际情况复杂极了，是自己跟自己较劲，对的自己跟原来对的自己，过几天，说不定还有个更对的自己。这种自我超越，才是革命本义，像蝉脱壳，如蛹化蝶，死时恰是生时。

我知道贾又福先生也是这样，我怎么知道？从他的画里知道，从他的叮嘱中知道。他的画即走过了从毛毛虫到蝴蝶的过程。他疲惫不堪、屡战屡败而屡败屡战，地下躺倒的都是死掉的旧我，无数的贾又福先生换回一个新的贾又福先生。贾又福先生以泣血的声音告诉我们,“我之为我，是牺牲了无数旧我之后的结果”。

贾又福先生“观化山水”的出现，好比是“五百年必有王者兴”。我以为这样的一个评价不为过，起码他是个代表，能够超越自己的代表。

我评价他的画，其实与他无关。评价他的权威已经够多，他也用不着我这样一介布衣赞叹他。其实权威的赞叹他也未必在意。他要的是个无尽意，这无尽意里有着他的真意思。我赞叹的是他的无尽意。我赞叹无尽意，是因为我向往。他是在石头里发现了无尽意，我是在他这里发现了无尽意。虽然是在他这里发现了无尽意，但无尽意却也不是他独有。他百般地教导他的弟子们，愿意将“观化山水”提供给读者，也是为了无尽意：

学山水画有大成就者，须臾不离“三问”。小有成就者，于“问天”、“问史”尚能有所心得，之于“问我”则尤难坚持。更有自我膨胀，只知小我，不知大我，将渺小之个人凌驾于“天”之上，漠视天地造化之规律，妄念丛生，标榜自我，玩弄笔墨之小技，编造符号之花样，闭门造车，自绝于天人合一之大道。此类画家，稍有成就，便不再吃苦耐劳，扎根大自然，结果只能作茧自缚。

——2006年《人大于天者戒》

陆游诗：“人生如春蚕，作茧自缠裹。一朝眉羽成，钻破亦在我。”然而，前两句是常态，后两句是异态。缠裹者众，钻破者寡。

僧问本寂禅师：“沙门岂不是具大慈悲的人？”师曰：“是。”又问：“忽遇六贼来时如何？”师曰：“亦须具大慈悲。”问：“如何具大慈悲？”师曰：“一剑挥尽。”修道与绘画一样，都是在生死边缘上行走，弄不好就会舍身失命。其实不仅是绘画，做什么也一样：一失人身，万劫不复。因此不能轻瞧了自己脚下的每一步。其实在行走之间，有的人已经死了，却还不知，反以为活得很滋润。死不知道，但生是绝对知道的。一个新我的诞生，一种心灵上的超然，一种大死之后的顿然消歇与恣意滋长，就如小桃树春日里的花枝。

谁都说自己跟自己亲，实际却是相反。一生中找不到自己的人多，不知道找自己的人更多，错把寇仇当成自己的人尤其多。自己杀死自己，然后新生；若是让寇仇杀死自己，则尸骨不存。

怎么样算是跟自己亲呢？贾又福先生是这样做：

画坛邪风，学术腐败，几多仁者醉、智者迷，人心乱而骗术行，名家若此学子何堪？

无奈瓢者不能，不敢近视，只得远避之也。

——2007年《题画草稿》

看寇仇已经来杀了，且已经杀了很久，杀了很多。然而“仁者醉，智者迷”，都笑眯眯地觉得好！“远避之”者是在逃生。逃到哪儿去？逃到自己这儿来，跟自己站在一起才最安全。

大计划

贾又福先生自称“瓢者”，有浑沦、懵懂之意。但在方向问题上，却又极灵敏。当年初上太行，他就捕捉到了太行的可依靠。几年后，便决定“择一而从，许之终生”。这是个大主意。有这样一个主意和没有这样一个主意是不一样的。这应该说是贾又福先生的过人之处。其实，这也是“瓢者”的表现之一，不够灵活，死盯一处。说好听的，是打一口深井，说不好听的，是固执己见。但“固执己见”与“死盯一处”的区别在于，有没有内心的活泼与灵动。真正的“瓢者”外形浑沌而内在虚灵，惟虚灵才是真。

不能什么都爱，要精神集中。感情凝聚，别分散，要忍痛割爱，要有主心骨，别见人家干什么，自己也轻易地去发生兴趣。专注，学习古人，十年磨一剑。《列子·说符》:“大道以多歧亡羊，学者以多方丧生。”兴趣太多，耗散了精神、生命……

——《爱与不爱》

正是虚灵使贾又福先生内心深处总是猫捕鼠那样时刻“惺惺着”，灵明不昧之光从来没有熄过。当年百丈禅师问侍者灵佑:“你拨拨炉中有火么?”灵佑拨过之后，回答:“无火。”百丈禅师亲拿火箸深拨火炉，最后他钳起一粒火星，举给灵佑，说:“你说无这个?”灵佑言下大悟。这便是有名的百丈拨火。所谓直见性命，就可以这样比喻。

孙悟空即是石头所变，但不是所有的石头都能变成孙悟空。所谓灵明不昧，就在于关键时候的清晰把握。贾又福先生善于观察，1986年，他看过李可染先生的画展，别人都在发言，唯他默默。他在想一个非常重要的问题，“就是像恩师这样一个自幼天才的人，成为一个大艺术家也必须经过千辛万苦、漫长的磨炼，否则，绝难成就”。由此他替李可染先生算了一笔账，算账的结果认定李老师是，“最有效的最集中的山水画革命到现在20年。一个绝顶的天才，20年笨功夫成就了一代宗匠”。而“自己笨才，不蠢，但迟钝”，决心30年后见分晓。

他将一个人当成了国家，也像国家那样实施五年计划。他的第一个五年计划始于改革开放初期的1979年春天，他去看望何海霞先生，面对恩师，他竟然意识到，自己似乎没有学到什么，没有什么可以拿来用的。由此发大惭愧。惭愧的结果，不是怎么样发心向老师学，而是愈加明晰地感知:“我自己的艺术发展，不能像李可染先生，同样也不能像何先生，像谁也不行。我现在想左突右冲摆脱古人和恩师的痕迹，可是从感情上真的喜欢老师的画。真的苦恼，苦恼得要命，终归要靠自己去干，去闯出一条路来”。何为尊师？这恰恰是。虽然合理，却不合情，因此难以割舍。正是难以割舍，才必须割舍。就如婴儿与母亲，到时候就得一剪断脐，否则生命不能独立。他思摸再三，最后决计，“今年春天无论如何作一个长远计划。”

到了1991年，十多年过去，他回顾来时路，似乎愈加明晰了前后脉络。

“从80年代起10年间共画大画37幅，较好的30幅”。从这些落地生根的作品里，他也进一步摸清了自己艺术思想：

一、立足东方，立足时代

参与时代，追求大变、大突破，扫荡一味平淡的山水画风，惊心动魄。崇尚崇高精神，高尚理想的涅槃意识。

文人画某些小巧玲珑的装点，老套笔情墨趣的炫耀，令人厌恶。

反对狭隘民族主义，自己的艺术领域不仅是代表中国的，也是东方的，势必与西方媲美。

与西方媲美与交流是一回事，雷同或敌对皆谈不上交流。各领风骚，同时互济互补。媲美是友善的而不是敌视的。反对动辄敌视眼光，盲目打击贬低西方艺术，反对把中国画与西画的艺术形式盲目拉大其距离的做法，这样必然会着眼于中国画要笔花、逸笔草草、玩空白的陈腐老套。而是以中国现代的、对应西方现代的，各领风骚，不怕吸收，这就必然变革中国画的原有形式。不是放弃民族化，而是把民族艺术往深远拓展。

我的艺术实践，不仅不敌视西方艺术，而且受到了伦勃朗、梵高、亨利摩尔及某些现代派（美国怀斯）等的启发。

二、立足变法

我以“破执者悟，返法者迷”为座右铭。破执，乃清醒地对待自己的艺术成果，一步一步地执著追求，必有一步一个脚印的收获，但必须一步一步地突破个中执著。执著而果，但执而不僵、不固、不死，有成果决不抱着不放，固执。故步自封就是执迷不悟，而不满足已执的成绩，就要破除旧执（前一步的执），着眼于下一步的未执的新东西，才能有新发现，有新发现就是有新觉悟。悟到永不停步，才能得其正道、大道。

返法，乃在法上寻根求源，须知万法无垠，法源无迹（源之源从何处来?），法无定相，返法返祖者，必然迷失方向。

三、贵在无尽观照

超越时空、外观内照，无古今中外之局限，无边无际、无量无尽，内观←→外观、色而空、空而色，永不止息。宏观探道，微观探真，静观、澄怀……

四、贵在精神感应

问岳、问禅、思辨皆意在精神，提升心智。我画山外之山，石外之石，乃我心中山，心中石。与无心处（不刻意强求，不计赞毁）写山写石，于无山无石之处（精神感应万事万物可与山之精神沟通）求精神之美。

五、崇高的审美理想，可以借鉴涅槃意识

以追求崇高精神为动力，旷劫精勤，难行能行，难忍能忍，历劫苦修，证果为“灵魂化石”（大岳系列）。以精神景观奉献社会。长期目标学习画中“佛”，开创一代新风。

——1991年《我的艺术思考》

三个五年计划似乎还没有完，他就已经这样清澈。这清澈如何来？恰是浑沦而来。他那颗向往平和的心，或者没有被名利凿过窍，或者凿过却自己修复过来。浑沦之心，即是无用之心，此乃“瓢者”即“太朴”不散之意。“太朴不散”，却正是散。如春天是一整体，而花朵却在各处。

这个大计划，不仅是关于画的，而是关于生命的。如他在《五十自吟》中所流露：

笑谓参禅不在禅，水月空中照大千。
心怀清珠光明澈，化作真如即超凡。

这已经相当自负，然而是相当清楚下的自负。有点像当年六祖慧能初参五祖，开口一句便是“惟求作佛”。此乃大丈夫气。

其实从80年代后期开始,"以石观化"的思想已经萌发，到90年代初就已经非常明确。如他在1990年给友人的一封信中所说：

> 吾画太行石，不求"行市"如何！惟求吾之性、吾之志、吾之思、吾之神，凝固而成千古"化石"，令后人观吾笔下之"化石"，可考我的人格、我的学养、我的精神、我的时代。唯此，胆敢排除庸念，不事应酬，不看人脸色而一意孤行也。

这种"一意孤行"，便有着"风萧萧兮易水寒"那样的悲壮，自此一刻，便与世俗众流划清了界限，甚至是背道而驰,"君向潇湘我向秦"了。这种毅然决然，恰是明白之后的行为。他真的从禅家那里借来了灯盏，用以照亮自己行径。他知道绘画之事与禅修本质上应该是一个，区别只在方式上。"以石观化"，化什么和怎么化，他已经全然洞晓。因此他把重点及时转移到了心灵这边，像禅僧一样，时时检点，勤加护持，免遭侵害。这样一直到70岁，他都在做这件事。

真的是大计划，直接与性命相关，而绘画应该只是性命上的自然呈现。也正因为如此，他才有"心地虚灵留不昧，大千妙相悟真如"这样似乎只有禅家才会说的绝待之语。

从化他到化我

30年的计划并没有到，贾又福先生就已经看到结果。不仅他看到了结果，连他的恩师李可染先生生前也有幸看到了弟子大有希望的端倪之作。计划从来不是文字的东西，也不是宣言，它是实践的，是一步步的行动方略。具体到贾又福先生，它是一幅幅切实的“观化山水”。这大计划，是生在贾先生心里的，他的一遍遍叮嘱，让自己安心守份，其实是为了落实这计划。我猜想他的心灵状态，感觉到在他心里，时时刻刻会有一个东西，这个东西无形无相，却又实实在在，从来不用记起，永远不会忘记。这个东西像漩涡，一点点在深化；又似花朵，一点点在绽放，永不止息那样。这便是自觉的状态，如老牛犁地，无需谁来扬鞭。所以贾先生几次画马蹄莲，并题之曰:“的事老夫学此花，不需扬鞭自奋蹄。案边马蹄莲盛开，朝夕相伴，心中甚喜。”为什么“甚喜”？因为他在花里发现了自己。有了一个自觉的自己，这是死后的活，是无数次死后的无数活，是大死之后的大活。

这已经不叫计划了，而是生命的自觉，是自觉后的生命，也可以叫观照。

想当初，即便他自小会画画，恐怕连他自己也没想到日后他会成为一个“只开风气不为先”的大画家。有好多想不到。但是这想不到是靠做到实现的。你看他下了多大的工夫，读书、临摹、老师点拨、古人击打……他也许真是一块顽铁，但只要是经受住无数次的锤炼，也会有青锋宝剑闪光。这个过程，真的需要“瓢者”精神。其实上天对每一个人都是一样的，一视同仁，只叹世上精明人多，不愿意接受炉鞲的考验。吃不得苦，忍不下心，做不得主。或者是患得患失，总在蝇头蜗角上计较，让一些眼前利益把自己弄得进退失据。更可怕的是自以为聪明，凡事以轻巧得之。不知世上哪里有便宜可得？贾又福先生自称“瓢者”，与其说这名字是他自己起的，还不如说这是别人认为的，他只是在自嘲。其实换一个角度看，“瓢者”才是智者。所有的智者都是知道方向的人，知道方向的人就用不着东看西看了，他只是认可，在认可中行走。就像愚公移山那样一点一点移动的是自己内心的障碍。

这是个自我超越的过程，画家、作家无论什么家，没有生来即是的，都要经过超越。得承认有大慧根的人，但大慧根的人只是悟性高，走弯路少，但不是不努力。钝根与慧根的分别，大概就像灵蛇蜕皮与泥蝉脱壳，艰难程度不同，但性质一样。贾又福先生自称笨人，能够自称笨的人，恰是不笨。他只是把明白都不要了，宁可做笨人。有聪明而不持恃的人才是真聪明。

贾又福先生在不断超越的过程中，一次次变得不是我了，却也还是我，一个新的我。这个新我是从旧我中脱蜕出来。无数次的这样脱蜕就还给他无数次的崭新，这里也有个无尽意。无尽意的意思就是活的。活的即是变化的、向上的、并且是欣喜的。且是大欣喜，是平和、简淡之中透出来的欣喜，而不是得失之中的那种小得意。

但这过程却极其艰难。因为人的身与心总是貌合神离，总处在错位状态。人有欲望，人往往把欲望当成了自己。把欲望当成了自己，而自己就只剩下了躯壳。想想，脚踝错位还很痛苦，何况身心错位。

贾又福先生这多年来，他即是在做一件事，就是从自己到自己，从自然的自己到自觉的自己，从僵硬的自己到活化的自己，从狭隘的自己到开放的自己，从小我到大我，从热闹的我到宁静的我，从复杂的我到简淡的我，从疲劳的我到自如的我。这其实也是大计划中的必然意向。

正是在这大意向中出现了“观化山水”，或者说，“观化山水”是大意向中的必然产物。它是心灵蜕变进程中的具体展现，是证明和标志。所以说，无论怎么评价“以石观化”都不为过。因为这是生命的升华，是升华中的生命绽放。它的意义不只是一个人的，而是所有人的。他说明人的方向不在外面，而是在自己这里，只有改变自己才能改变世界，改变了自己之后世界也就不用改变了。自己就是世界全部。

他是在回归，真的回归到自我，就复位了，没有了离错的痛苦。另外一个画家对我说，有一个境界应该是不讲理的，是没有对错的，是只有善没有恶，只有真没有假，只有美没有丑的。这样一个境界才是最自由最自在。

“观化”，是谁观？是观谁？是谁化？是化谁？这是需要回答的。但不需语言回答，而要实践回答的。其实从一开始，“观化”的理念滋生出来之后，它就已经是“活化”状态，是观“石头”么？是，也不是。是观石头里的“化”。但石头里有“化”么？说它没有，贾又福先生看到了；说它有，别人却看不到。所以这“化”，在石头那里，也没在石头那里。在自己这里，也没在自己这里。它是“我观”，但又是“观我”；是“我化”，但又是“化我”。到底是“我化”还是“化我”，是“化我”之后才有的“我化”？还是“我化”之后才有的“化我”？此是一还是二？谁能说得清？

真的说不清。是因浑沦而互化，也是因互化而浑沦。就如时空，时间是时间，空间是空间，但时间与空间能分开么？连分都分不开的东西，能说清么？说清只是理论上的，实际是说不清的。时空是活的，我们也是活的，活在时空里。画呢？就活在我们这里。

从艺50年的时候，贾又福先生有个回顾展。他有个这样的总结。

如何“随心所欲”？怎样认识“不逾矩”？这个课题是今后天天做功课时碰到的题目。思来想去，前50年的工夫不废，而益老益远弥深，关键在一个“活”字。

东方文化传统，最高境界的追求，是以人的精神为主导，以心灵空间为舞台，以心灵特质为主宰。因之，所谓人、艺俱老，最要留意的不是斤斤于笔墨小术。最要紧的是感情的勃发、心性的流美和智慧的升华。最难捕捉的是回环往复，通向无尽的、永远流动的激流活水般、沁人心脾又无孔不入的活泼泼的生命力。

总之，深探东方文化的水性特征，关键在“活”。

由是观之，东方文化传统之通权达变，权是主，变是活。愈积愈厚，愈深愈活。儒、道、释诸家学说，无不如是。传统到了当代山水画，亦逃不出哲学思辨的浸染蕴藉，无论是艺术语言与艺术主体精神，只有活化原有的人文精神之格局，才有可能冲破固垒而不逾规矩（规矩亦是水性的，非僵死的，非一律度量标准的——随机应变的高层审美规律)，如此，方能成就东方人文精神之拓展，才能真正体现东方文化和艺术特性——生命活性的根本所在。当代山水画创造性的激活不是难在写生与否或题材的冷、偏、奇、异，更不是难在对客观自然物的缜密描写与追寻，而是难在画家主题人文精神的活化，亦即画家将传统人文精神之根激活，使之萌发出新枝叶，开出新花朵。

“活化”的思维，智慧的延展，对诸多近乎完美的（或说相对完美的）传统精华，绝不仅仅是虚心的尊崇和亦步亦趋，因为，永远没有固止的完美，追索探求新的、更广、更深、更高的完美是可以企待的，也是令人神往的。传统文化诸多高层审美、太极运化、阴阳和谐，乃至具体到清纯与雄浑、刚与柔、神与趣、理与法的万端奇变的虚、实；清、浑；刚、柔；放、微；有、无；离、即……相反相成之合二而一。执两端而用中的中庸之道，其辩证的两面，从来没有僵化的公式，也绝非平分秋色的均衡和对等。而是极为空灵的“你中有我，我中有你”的和谐匹配与相得益彰。如水之活，如禅之明，妙不可说，充满化机，引人入胜的“天人合一”。

——2009年《认识传统随想》

这样大段引用是因为他说得太好。一个“身在此山中”的人，能够跳到一个高度来审视包括自己在内的绘画世界，也恰是活化的证明。他也曾说过:“艺术的圣殿与艺术的坟墓往往在一步之差。”（见贾又福《随心所欲辨》）因此他从来不敢大意，如他《七十自励》中说：

数十载弹指而逝，古稀之年仍谨言慎行。我常在深夜独坐，回首学画历程，可以肯定的是:“三十不能立，四十而多惑，五十半知天命，六十耳不敢言顺，七十战战兢兢不逾矩”。这便是真实的我。

那么这战战兢兢，与活化是怎么个关系？其实这战战兢兢，我理解，并不是谨小慎微，而是至诚至敬、恭慎如仪，圣事面前不敢造次。

贾又福先生所谓的“战战兢兢”与孔夫子所谓的“随心所欲”，表面看是两回事，其实也是一回事。“随心所欲”，须看是什么心。凡夫心，欲望心，强戒之都难止，何况放纵？但孔夫子是圣人，他那一段话是夫子自道。至人无梦，圣者无为，无非“观复”而已。

贾又福先生在恭慎的同时，他的心也是蓬勃着的、葱茏着的。不信你看他的画上跋语。

净化世界：圣者光明，贤者风采，皆从无欲无依中生发而显现之。得而不喜，失而不忧，不计赞毁，无所不为而绝无逞强而为之。视死如归，视灭如生，谓之步入真境，得净化世界焉。

这应该就是《心经》所谓：“心无挂碍，无挂碍故，无有恐怖”，既是无挂碍，必然得自如。自如乃活化的最高境界。

一方面是恭慎如仪，一方面是自由勃发，此乃一体两面。亦如行笔时的提按疾徐，亦如花开时的生发与静止，本是一回事，说时却成两回事耳。

贾又福先生成就了“以石观化”，“以石观化”也成就了贾又福先生，他们也是一回事。“观化山水”是贾又福先生生命的绽放方式，山河在他心里，他也在山河心里。他在化山水，山水也在化他。“化”者，花也。山河万朵，也须心光观照始能开放。

人，只有一个敌人，这个敌人是自己。“我与我周旋久”，当真的超越出来，始发现自己其实从来没有离开过自己，我们只不过像堂吉诃德那样手持长戟在跟一个影子打仗。自己这个敌人其实是以敌人名义出现的菩萨，他时时在考验、探问、激励、棒喝，看你韧性如何，定性如何，有无持久力，有无爆发力，勘验心性宽窄，测知智慧高低，他是用拦阻的方法让你跳跃，用苦难的方式让你生愉悦，用死的方式让你活。

当虚幻过后，才发现庄子说的“飞鸟未尝动也”是多么精确。我们的一颗心，本就清净无染，本自具足，而表现出来的却是造作、烦恼。但并不是所有的造作都生烦恼，当烦恼不再是烦恼时造作也就不是造作了。贾又福先生视绘画为圣事，圣事成就圣，魔事造作魔，因此贾又福先生的“以石观化”，就成了涵养心灵的一个平台。它不再是职业，而成枝叶，而自己的一颗心是花朵。

错误的人死在错误中，聪慧的人活在聪慧里。

而“瓢者”，乃是大朴，大朴乃是大智慧。大朴散而成器，无数的器，有无数的妙用。但是，大朴还是大朴，它不因为“散”而稍有消损。就像太阳，阳光无尽，日日照射，照得天下花开，但太阳依然是太阳。

而人的太阳即是心灵，心灵日日放光，花朵四时不败，如贾又福先生说的:“大千妙相”，人就在这大千妙相里“悟真如”。因此，心灵这朵花，只能是越开越大，越开越繁复。它是个无尽意，大里无尽，小里也无尽，欣欣然像菩萨的微笑。

2013年6月初稿8月二稿9月三稿成于石门花开堂

附：长安问月

一

2012年中秋，我在西安。不是我在西安，是我们在西安。好多的人。这好多的人，都是为了一件事：大音希声——贾又福文献展。

所谓文献展，是把贾又福先生的人生辙迹特别是从画历程一一展示，大量的图片、手札、笔记、习作、课徒手稿等等，一览无余。通过这些文献，既可看到展主的成长历程，又可领悟这之中的人生蕴含。谁都有历程，但并不是谁都能成就历程。打个比方，人都如虫。好多虫，爬过了贪婪而冥昧的一生，虫仍是虫。有的虫，却因不断地探求、追索，从而凝思成蛹、破茧成蝶。贾又福先生当属后者。他是一点点蜕变的，他每天是他，而又每天不是他，这不是他，才正是他。

在文献展上，我读到了他写在前面的《我的话》。里头有这样的语句："谨只山水画而言，我也曾怀有不凡的志向，所谓希贤、希圣、希今古，无我、无人、无主奴，亦曾面对大好河山艰苦索求，所谓心地虚灵留不昧，大千妙相悟真如。" 正是这几句话，让我心地朗然，我一下子明白了贾又福先生的心灵走向。这几句话，其实也是文献展的高度。站在这个高度上看文献展，文献展的文献意义就一下子显现出来了。

《我的话》里，更多的是贾先生的谦虚表白，说自己不过是个蹒跚前行的凡夫，至今为画不敢稍有懈怠云尔。话说得相当真诚，真诚到让人想不到谦虚。这才是真谦虚。谦虚之虚非虚假之虚，亦非虚无之虚，更非虚妄之虚，而是谦德广大虚怀无边之义。这样的谦德其实恰是前边几句话的真诚注解。

读过《我的话》，我想到2012年拟的一副联：

问岳楼中问月，明是？净是？
观石路上观时，古耶？今耶？

这是读贾又福先生的《问岳楼画论》后，一时的文字游戏。读完《我的话》后，我想，联中的问号都应消隐，于是我把对联改为：

问岳楼中问月，明暗同体；
观石路上观时，古今一如。

这天傍晚，研讨会之前，我们几个人到附近的大慈恩寺参谒。大慈恩寺乃唐代高僧玄奘大师所住持。突然想到，贾又福先生50次到太行写生，是不是也如玄奘西天取经一样，有着朝圣般的虔诚和勇猛？刘清秀说，是的，贾先生曾说过，每次进太行，都是朝圣。有了刘清秀的印证，我就敢说了：贾又福先生笔下的太行，是太行，又不是太行。说是太行，是因为这些作品毕竟因太行而有，说不是太行，是因为作品的外在形态和内在品质都发生了根本的变化。太行山不过是一面镜子，透过太行山贾又福先生看到的是自己的面目，它的雄浑高妙、阔大无垠、光明透彻……一次次在印证自我，校正自我，激活自我，拓展自我。

每次写生，对贾又福先生来说，都不是一般意义上对于对象或浅或深的描摹，而是借山水击蒙，从而显发生命之机，从而成为心灵的写照。一次次写生，一次次扣问、敲打，剥离虚假，剥损浅薄，剥除外在，终于披尽黄沙，金矿显现。从此之后，山与人两相映照，你中有我，我中有你，彼此相契相得，"我见青山多妩媚，料青山见我应如是"，这种"相看两不厌"的情态，想想都令人神往。

从此，自然太行成为心灵太行，太行是太行，又有哪里不是太行？太行已经成为一个象征。太行山提供的好比是大被子热炕，贾又福先生在这里安顿心灵，感知温馨与妥帖。

当然，这是我以己度人，对于绘画外行心灵顽钝的我来说，不可能读得懂贾又福先生，只能是从他的画里，去发现我自己。

晚上，从研讨会出来，仰目天空，正有一轮月。这天是农历的八月十三，突然想到古人诗："如今才是十三夜，月光已如玉。"下面两句是什么来者？

"未是秋光奇绝，看十五十六！"

二

虽然读不懂贾又福先生的画，但我喜欢，由此一遍遍读。这一遍遍读他，其实读的是我，读他画里的我。

我栖居于此，且是诗意地栖居。此境乃笔墨所构，但是，在这里，笔墨已经退隐，而境界戛戛独造。到处是光，白的光、黄的光、七彩斑斓的光，特别是还有黑的光。在贾又福先生的画里，这黑的光特别突出。黑的墨团本来不是光，在别人那里不是光，但在他这里却全然是光，同样给人通透、灿烂之感。在他的画里，所有的事物也是由光组成，或者说，所有的事物也发光。这光恰到好处，威而不猛，柔而不媚，寂而能照，清泠透彻。突然有牧羊人出现，或者有长身子的牛徜徉，这些，似乎要把人拉回到尘世，但是没有，这些点缀，无非也是诸光所化，好比极乐世界中的种种鸟，虽是鸟，却不凡。

光照之中，山是山，水是水，无不清晰明了，但是却又充满了神秘。这没有神秘的神秘才是真神秘。你猜不透，因为此神秘非为猜成，你参不破，因为此神秘非为参设。这也如天上明月以及星空，谁都能看得清楚，却没有谁能说得明白。

这才是画。画的是山水，却又不仅仅是山水。若仅是山水，到处现成，且比画复杂，又何必画？山水已经是语言，比语言还要语言，语言说不来的，靠画来说。画能说来么？能。因为画是形象，形象大于思想，它不仅能倾吐，能表达，而且能呈现。呈现，不是解释，不是诉说，而是直接将心灵秩序如桃花一样粲然绽放。好的艺术都应该是呈现的，不需要表白，而胜过所有的表白。连好的语言也是，不见禅门公案中，机锋见处，话语迭出，表面上无不明了，而不知悬丝千尺，意在深潭。因此，贾又福先生用心于“咫尺顽石观大化”，“顽石”是表，“观大化”才是真。

何为“大化”？大者为宇为宙，化者为简为纯，“一即一切，一切即一”，这样的一个境界。此境界，没在别处，只在心灵间。如《楞严经》中所说：人之“色身，外洎山河虚空大地，咸是妙明真心中物”。经上说不说，无关紧要，紧要的是，这是有人已经证到的实有境相。我猜想，贾又福先生是在这样一个心灵状态下，起码是在这样的一个心灵走向中，来实践他的艺术探求的。

因此他追求的是一个极致境界，的确是“希贤、希圣”，的确是“无我、无人”，的确是“大千妙相”，虽是“大千妙相”，却也一人独得。难怪有好多人读不懂他的画，难怪有好多人在评论他的画时所显露出来的词不达意。

经过多年苦行，探古抚今，问天问地，问人问我，下了好多笨工夫，如钻木取火，深锥不止，只待火燃；如黄河向海，千曲百折，只追浩淼。终于，“独立孔门无一事，唯传颜氏得心斋”，从此他知道了画画的真正意趣。知道了意趣，也就明白了方法，因此他鄙薄或者说怜悯那些满足和玩弄笔墨技巧的人，斥其“守在斯处者，必死在斯处”；因此他崇尚“得大自在，不必言说”的“无法之法”；因此他意向禅佛，门扣老庄并各路宗匠，为的是“求厚积”，为的是“利通德”，为的是“达大道”。而“大道”与心，是一不是二。既然即心即道，因此贾又福先生内敬外敛，朝夕惕厉，战战兢兢，一点点“收拾精神”，整肃心法，“内无妄想，外无妄动”……以期达到“觉迷迷灭，觉不生迷”的境界。他就在这样的艺术自觉中，“以石观心”，从而取得了艺术上的灵明不昧，正是有了这“灵明不昧”境界，“空白”才不白，“空黑”才不黑。

因此我栖居其间，有心净如莲之感，光的无极，光的通透，能使人心地豁然，纤尘无染，从而“无欲之门”悄然开启。

三

八月十五晚，皓月当空，正所谓“长安一片月”。

文献展已在昨日开幕，此时尘汐已落，可以安心赏月了。我的月亮是贾又福先生，自与他结识以来，还没有认真地向他讨教过，这一晚，乃天赐良机。

我们河北来的三个人，分坐在他左右，余者是他的弟子们，团团坐下。吃饭兼聊天，或者聊天兼吃饭。

月在天心，自然想起贾又福先生的“明月之诗”系列画作，那是太行上空的明月，有时是一弯，有时是一轮，寒光照彻山河大地，使之如飘尘般轻盈，如歌吟般迷醉。在这里沉寂恰也是喧嚣，静态恰也是动态。无限生机，或为月亮所赐。而今在西安，自然还会联想到那些与月亮有关的唐诗：“江天一色无纤尘，皎皎空中孤月轮”，“白云千里万里，明月前溪后溪”，“人攀明月不可得，月行却与人相随”……

我总认为，贾又福先生已经是一轮月，为什么是月？因为自在、自足，更重要的是自照。月亮并非为了照耀而有，却恰恰能照耀。贾先生每每反观内省，自然已经有一份沉静的自觉。由此我向他请教，譬如河川，日日归纳自己，努力滚动，以向大海。设问到海之后，是不是还要寻找方向？这也如远行人，半世辛勤，终获宝囊而返，到家之后，是不是该放下行囊？佛陀也曾苦行多年，是在菩提树下，万缘放下，才觉行圆满。如老子言：“为学日益，为道日损，以至于无为。无为无不为。”艺乃心法，当技巧完足之后，是不是澄心即是？

我的这些话，当时散乱于诸多的话语间，但意思应该还明白，一是以此猜度贾又福先生是不是还在持守多年以来的苦行，二是以期贾先生来印证我的粗浅。

怕他累着么？此只是其一。更重要的是，我这外行总固执地以为，应该有一个状态，比如像老子说的："为无为，事无事，味无味"，不为恰是为，且比为还好。

贾又福先生一直在听，在回答，在补充。他总说他是个笨人，而且固执，我却感到了他的冰雪聪明及宽宏大度。他说，时空无限，心灵无际，艺怎么能有止境？川河归海之后，纵不问远，还应问深。远是向外，而深是向内。放下，只能是放下该放下的，如果真的放下，识破诸法空相，何必还画？既然画着，就该努力不断。他之问禅，与禅僧有别，他只是在借光，他是所有的光都借，只要能照亮心灵。你说得对，从艺必须有一份宁静之心，但宁静以致远……

有的话我并没有说清楚，或者也说不清楚，贾又福先生用他的方式，在归纳、圆成与提升我，他以实践者的身份，告知我沉静与发散、无为与无不为之间的微妙关系。万缘放下，是放下，不是放弃，这也如禅僧入定，万籁俱寂，那颗心却灵明不昧，活泼自在。艺术是中道，不能执其一端，左不是，右不是，如无左右，中间何在？一切都须灵性把握，弦外之音，味外之旨，是只能意会，莫可言传的。他好多好多的话，我都想记住，由于都想记住，却好多没有记住。现在我归纳为文，有好多，只能是将我的粗浅领略算作他的。有哪里不对，正好他可以教我。

这晚，好多的人说了好多的话，气氛融融如月。归来时，已经很晚，但月亮还在天上，那么大的一轮。

仰首望去，月及星空，湛彻深邃，令人玄想。“古人看此月，今人看此月，因何古人心，难向今人说?”这是古大德的偈句。其实我想，有此一轮月在，不管古人今人，是我是他，已经用不着说了。

2012年10月27日于石门鹿泉花开堂